倉阪鬼一郎

お助け椀　人情料理わん屋

実業之日本社

お助け椀　人情料理わん屋　目次

お助け椀　人情料理わん屋

第一章　秋刀魚蒲焼き(さんまかばや)き

一

「そうめんも、そろそろ終(しま)いごろですので」

盆を運んでいったわん屋のおかみのおみねが言った。

「早いものだねえ。ついこのあいだ川開きだったような気がするんだが」

常連の七兵衛(しちべえ)が涼やかなぎやまんの器を受け取った。

通(とおり)二丁目の塗物問屋、大黒屋(だいこくや)の隠居だ。毎月十五日に行われるわん講と、おおよそ季節ごとの初午(はつうま)の日に催されるわん市の肝煎(きもい)りだから、まさに常連中の常連といえる。

「毎年そうおっしゃっているような気がします」

作務衣姿のあるじの真造(しんぞう)が笑みを受かべて、つけ汁と薬味を出した。

「はは、そうかもしれない」

七兵衛はそう言うと、さっそく箸を取った。

「いただきます」

お付きの手代の巳之吉も続く。

通油町のわん屋は二幕目に入っていた。

わん屋で人気なのは、まず中食の膳だ。食べでがあって身の養いにもなる膳は、三十食か四十食と数をかぎって出す。あるじの真造が腕によりをかけてつくった旬の素材を活かした料理は評判で、めったに売れ残ることはなかった。

「そうめん、こっちにもくんな」

座敷から手が挙がった。

「三つな。おかみ」

客の一人が指を三本立てた。

「はい、ただいま」

おみねがいい声で答えた。

わん屋には一枚板の席と、小上がりの座敷がある。厨の前にしつらえられた檜の一枚板の席は、料理人の腕さばきを見ながらできたての料理を楽しむことができる。

一方、存外に奥行きがある座敷は大勢で押しかけても座ることができる。わん講などの集まりはおおむねここで行われていた。

いま座敷に陣取っているのは、そろいの半纏(はんてん)姿の大工衆だった。中食ばかりでなく、二幕目にものれんをくぐってくれるのはありがたい。

「肴(さかな)は何がすぐできるかい？」

大黒屋の隠居が問うた。

「秋刀魚の蒲焼きでしたら、お出しできますが」

真造が答えた。

「はは、塩焼きじゃなくて蒲焼きなのがわん屋らしいね。なら、おくれでないか」

七兵衛は温顔で言った。

「承知しました」

わん屋のあるじが笑顔で答えた。

秋の味覚の秋刀魚といえば、まず思いつくのが塩焼きだ。脂が乗った秋刀魚をこんがりと塩焼きにして、たっぷりの大根おろしを添えて醤油(しょうゆ)をかけて食す。まさに秋の口福の味だ。

さりながら、ここわん屋では秋刀魚の塩焼きは絶えて出していなかった。中食の顔になることもない。蒲焼きや、新鮮なものは刺身にする。あるいは、つみれにして汁の具にする。もっぱらそういう使い方をされていた。

これには深いわけがあった。

わん屋の料理は、どれも必ず円い器で供される。世の中が円くおさまるようにという願いをこめてのことだ。

木製の椀、陶製の碗。

さらに、ぎやまんの器から竹細工の曲げ物に至るまで、器はことごとく円い。鉢も小皿も盆もすべて円いから、ときどき客から「目が回りそうだ」と言われる。わん屋で出されるものでまっすぐなのは箸や楊枝くらいだ。江戸広しといえども、こんな見世はまたとない。

秋刀魚の塩焼きは縦に長いから、わん屋の器に盛るには大きな円皿が要り用になってしまう。しかも、大根おろしを添えても、器に余りが出てあまり見場が良くない。そういうわけで、秋刀魚は塩焼きではなく蒲焼きなどで供されているのだった。

「はい、そうめんお待たせしました」

おみねがまずそうめんを座敷に運んでいった。

器はぎやまんと唐物を扱う千鳥屋の品だ。

すべての料理を円い器で供するわん屋が取り持つ縁で、わんづくりの人々のあいだにつながりが生まれるようになった。

隠居の七兵衛が肝煎りをつとめている塗物問屋の大黒屋、瀬戸物問屋の美濃屋、椀づくりに竹細工に盆や桶づくり。輪はだんだんに広がって、わん講からわん市にまで大きくなった。その縁結びの神ならぬ見世がわん屋だった。

「おお、来た来た」

「ぶっかけもうめえけどな」

「そうそう、煮茄子をのっけたやつな」

座敷の大工衆が口々に言う。

煮茄子をそうめんにのせ、おろし生姜や葱をあしらい、井戸水に浸けて冷やしたつゆをぶっかけて食すのもかつて好評を博した料理だ。

「こちらには秋刀魚の蒲焼きを」

真造が一枚板の席に円い鉢を出した。

「おお、来たね」

隠居がさっそく箸を取り、食べ物には目がないお付きの手代が続く。

そこへ、またなじみの客が入ってきた。

「おう」

右手を挙げて姿を現わしたのは、大河内鍋之助同心だった。

二

少し遅れて、海津力三郎与力も入ってきた。

「このあいだ、また忍びが来たそうだな」

海津与力が小声で言った。

「はい、お見えになって、ひとしきり田楽などを召し上がっていかれました」

真造が声をひそめて答えた。

「忍びって、お忍びのお殿様かい？」

大黒屋の隠居も声を落とす。

「ええ。三つくらべで縁ができてから、ときたまですけどふらっとお忍びで見えるので肝をつぶします」

真造は胸に手をやった。

「はは、あのお殿様らしいや」

海津与力が笑みを浮かべた。

話に出ている「お殿様」とは、大和高旗藩の当主、井筒美濃守高俊のことだった。江戸の上屋敷で生まれ育ったなかなかの快男児で、春に行われた三つくらべの肝煎りの一人だ。

江戸の邪気を祓うために行われた三つくらべは、前代未聞の試みだった。

大川を泳ぎ、街道筋を泉岳寺まで馬で走り、最後は日枝大権現まで人が走る。この試みでは三つの組が競い合った。

赤い鉢巻きの火消し組、青い鉢巻きの大和高旗藩、そしてもう一組は、白い鉢巻きの御用組だった。

御用組の泳ぎ手をつとめたのは、ほかならぬ海津与力だった。よって、大和高旗藩とはいくさの友のようなものだ。

御用と言っても、海津与力と大河内同心のお役目はいささか変わっている。いっそ影御用と言ってもいい。

うち見たところは町方の隠密廻りとその上役のようだが、実は職掌が違った。町方は江戸の朱引きの内側だけを縄張りとしているが、影御用にたずさわる隠密同心と隠密与力は違う。たとえば日の本じゅうを股にかける盗賊などを追うときは、平然と朱引きを越え、どこへなりとも出かけていく。

この影の御用組が根城として使っているのがわん屋だ。今日は姿が見えないが、三つくらべでは走り役をつとめた忍びの末裔の千之助や、からくり人形を使った尾行などを行うおもかげ堂のきょうだいなども折にふれて力を発揮する。

「まあしかし、三つくらべのあとは、さしたる災いもなくようございますね」

七兵衛が言った。

「そりゃ、神官が白い神馬に乗って街道を走ってくれたからよ」

大河内同心がそう言って、真造のほうを手で示した。

「いや、兄の馬は悠然と歩いただけですから」

真造は笑みを浮かべた。

長兄の真斎は依那古神社の宮司だ。海津与力が大川を泳いだあと、御用組は真斎が手綱を取る神馬が泉岳寺までつないだ。あいにく馬は人がいないため、真斎に白羽の矢が立ったのだ。

「わん講のみなも裏方で出て、いい冥途の土産になりましたよ」

大黒屋の隠居がそう言って、影御用の与力と同心に酒をついだ。

江戸の三つくらべでは、わん講の面々も要所に立ち、水の入った椀や食べ物を渡すなどの裏方をつとめていた。

「なに、長生きしてもらわねえと」

大河内同心がそう言って、秋刀魚の蒲焼きを胃の腑(ふ)に落とした。

「蒲焼きもいいが、もうちっと腹にたまるものはねえかい？」

海津与力が問う。

豊かな髷(まげ)で、押し出しのいい影御用の与力だ。鍋之助という名前とはうらはら、細面の男前の大河内同心ともども、役者でもつとまりそうないい面構えをしている。

「鯖(さば)の棒寿司がございますが」

真造が水を向けた。

「いいな。切ってくんな」

与力はすぐさま答えた。

「なら、おれも」

大河内同心が手を挙げる。

「余ってるのなら、こちらにも」

大黒屋の隠居も続いた。

結局、頭数分の鯖の棒寿司が供されることになった。

しめ鯖だけでも酒の肴にいいが、それを巧みに観音開きにし、寿司飯を抱かせて棒寿司にするとさらにうまい。

ただの寿司飯でもむろん美味だが、薬味を加えるとさらにしめ鯖と響き合ってうまくなる。青紫蘇(あおじそ)に生姜に白胡麻(しろごま)。香りが飛ばないように寿司飯を少し冷ましてから混ぜるのが勘どころだ。

「こりゃあ絶品だな」

海津与力が食すなり言った。

「見た目もいいし、言うことなしだ」

大河内同心が和す。

切り口の円い棒寿司を、浅めの円い鉢に盛り付け、生姜の甘酢漬けを添える。青みがかった器に、しめ鯖の身が映える。

「おいしゅうございます」

隠居より先に、お付きの巳之吉が言った。

「平穏無事で、こういうおいしいものがいただける。そんな喜びにまさるものはないね」

大黒屋の隠居がしみじみと言った。

三

棒寿司などの肴を味わい、影御用の与力と同心は席を立った。

大黒屋の隠居も手代とともに腰を上げた。隠居とはいえ、まだまだあきないのためにも得意先などを廻っている。わん講の肝煎りのつとめもあるから、なかなかに忙しい。

座敷に陣取っていた大工衆も引き上げ、凪のような時が来たのも束の間だった。入れ替わりに、またいくたりも客が入ってきた。

まずは椀づくりの太平と弟子の真次だ。木目が美しい椀は、わん屋でも器として重宝している。

「おっ、起きたのかい」

真次が座敷を見た。

真造の次兄で、もとは宮大工の修業をしていたのだが、親方と合わずに椀づくりに転じた。こちらは性に合っているようで、めきめきと腕を上げている。

「あら、おはよう」

おみねが声をかけた。

「おはよう」

座敷に出てきたわらべが答えた。

跡取り息子の円造（えんぞう）だ。昼寝から覚めたらしい。

満でいえば二歳と四か月くらい。ついこのあいだ生まれたばかりのような気がするが、だんだんに大きくなって言葉も増えた。

椀づくりの二人が一枚板の席に座ってほどなく、手伝いのおちさの兄の富松（とみまつ）が、長屋が同じで仲のいい竹細工職人の丑之助（うしのすけ）と一緒に入ってきた。富松は竹の箸をつくっているから円くないが、丑之助は竹を器用に網代（あじろ）に編んだ器をつくっている。こちらは蒸し物にうってつけだ。

「おいちゃんと遊ぶか」

富松と丑之助は座敷に上がり、円造に声をかけた。

「うん、円太郎(えんたろう)も持ってくる」

円造はそう言って、とことこと奥へ入っていった。

「元気だね、円坊は」

椀づくりの親方が笑みを浮かべた。

肴はひとまずおまかせと言われている。真造はさっそく腕をふるいはじめた。

まずは鰺(あじ)の茗荷(みょうが)巻きだ。

三枚におろした鰺の上身(じょうみ)に味噌(みそ)を塗って茗荷を巻きこみ、金串を打ってこんがりと焼く。焼きあがったら浅めの鉢に盛り付け、刻んだ青紫蘇を散らす。手間はかかるが、さわやかなひと品だ。

ややあって、円造が茶運び人形の円太郎で遊びはじめた。影御用もつとめるおもかげ堂のきょうだいがつくってくれた人形だ。湯呑(ゆの)みを手のひらに載せると笑みを浮かべてカタカタと動きだす。

「ご苦労さま」

円造が湯呑みを受け取った。

すると、茶運び人形はくるりと後ろを向いて戻っていく。よくできたからくり人形だ。

「大人が見ても感心するからな」

椀づくりの親方が言った。

「木でつくる物にもいろいろありますね」

真次がそう言って、鰺の茗荷巻きを口に運んだ。

「鰺もさることながら、味噌と茗荷がいい塩梅（あんばい）だね」

太平が笑みを浮かべた。

座敷の客はにゅうめんを頼んだ。

そうめんをあたたかいつゆで食す料理だ。秋口になってそうめんはそろそろ終いごろだが、にゅうめんはこれからが出番とも言える。酒を呑んだあとの締めにもいい。

「あれっ」

おみねがふと妙な顔つきになった。

「止まっちゃいましたね」

お運びのつとめと後片付けを終え、これから習い事に向かおうとしたおちさが言った。

どうしたことか、円太郎が座敷の中途で止まってしまったのだ。

「どうしたの？」

円造も不安げに声をかける。

「壊れちゃったかしら」

おみねが歩み寄り、とんとんと茶運び人形をたたいた。

円太郎は、はっとしたようにまた動きだした。

「何だ、寝てたのかよ」

富松が笑った。

「人形だって、ときには眠くなるさ」

丑之助も笑みを浮かべた。

だが……。

おみねはまだいくらかあいまいな顔つきだった。

武州の三峯（みつみね）大権現の家系だ。おみねには勘が鋭いところがある。

いまからくり人形がつねならぬ動きをしたのは、そこはかとないお告げのような気がしてならなかった。

四

その晩――。

西ヶ原（にしがはら）村の依那古神社では、宮司の真斎が御神体とも言うべき神鏡をじっと見つめていた。

火が焚（た）かれている。

地味ながら八方除（よ）けで尊崇を集めている神社らしい清浄な火だ。

真斎は耳を澄ませた。

犬の遠吠（ぼ）えだ。

このあたりは田舎だから、獣の声は折にふれて響く。

だが……。

その響きが何がなしに不吉だった。

夕方、神馬の浄雪（じょうせつ）に乗って神社の周りを歩いた。春の三つくらべでは、江戸の街道を歩いた真っ白な神馬だ。

そのときに見た夕日もただならぬ色に見えた。

依那古神社の宮司の顔色が陰った。
神鏡のたたずまいが変わったのだ。
何かが映ったわけではない。
ただならぬものが見えたわけではなかった。
逆だ。
何も見えなかった。
三つくらべが終わったあとは、世に光が見えた。
浄雪はもう若馬ではないから案じていたが、出して良かったと思った。
しかし……。
いま見ている神鏡には、望みの光が何一つ見えなかった。
世はまもなく闇に閉ざされる。
江戸に災いが訪れる。
そんな確信が真斎の心の奥深くに宿った。
依那古神社の宮司は、はっとして顔を上げた。
雨音が聞こえたのだ。
古さびた社の本殿の屋根を雨がたたく。

その雨音はたちまち高くなった。

高天原（たかまがはら）に神坐（かむずさ）ります……

真斎は祝詞を唱えだした。

響きだした雨音に抗（あらが）うように、朗々たる声で祝詞を唱えた。

その声は、夜が更けるまで止（や）むことはなかった。

第二章　あらしの晩

一

翌日は朝から雨が降った。

かなりの雨だ。

風も強い。

路地を入ったところにあるわん屋の前も、突風が吹き抜けていった。

「どうしよう、おまえさん。中食はやる?」

おみねが真造にたずねた。

「ますますひどくなりそうだが、支度はしてしまったからな」

真造は腕組みをして答えた。

「じゃあ、数を絞って出すとか」

おみねが言う。

また風の音が聞こえた。

屋根を雨がたたく。ことによると、あらしになるかもしれない。

「そうだな。茸(きのこ)の炊き込みご飯と鱚天(きすてん)、それに煮物と汁物でせいぜい二十食だ」

真造は少し思案してから答えた。

「立て看板を出しても飛ばされそう」

おみねが案じた。

「なら、縄で結わえつけておこう」

真造はすぐさま言った。

「二幕目はどうかしら」

おみねが首をかしげた。

「無理かもしれないな。野分(のわけ)だったらますます激しくなるから、戸締りをして立てこもっているしかない」

わん屋のあるじは厳しい顔つきで言った。

「おとう、あらし？」

歩いてきた円造が不安げに訊(き)いた。

「ああ、あらしになるかもしれない」

真造は答えた。

「だから、今日は中食だけで早めにしまおうかと」

跡取り息子に向かっておみねがそう言ったとき、あわただしく入ってきた者がいた。

「ほんのちょっと歩いただけで濡(ぬ)れちゃって」

そう言って手拭で髷を拭いたのは、近くの旅籠(はたご)、的屋(まとや)のおかみのおさだだった。

「まあ、大変でした」

おみねが労をねぎらう。

「川崎からお泊まりのお客さんが、この雨風じゃ帰れないからもう一泊とおっしやっていて、こちらの中食はあるかどうかたしかめに」

おさだは用向きを告げた。

「中食だけはやることにしました。ただし二十食で」

おみねが答えた。

「二幕目からは閉めて、出前も相済みませんがなしで」

厨のほうから真造が言った。

「そうすると、夕餉(ゆうげ)が困りますねえ」

旅籠のおかみが首をひねる。

「中食のお客さんに夕餉のお持ち帰りはどうかしら、おまえさん」

おみねがたずねた。

「おにぎりがいいよ」

代わりに円造が答えた。

「ああ、円ちゃんの言うとおりかも」

おさだが笑う。

「なら、おにぎりを竹皮に包んでお渡ししますよ」

真造が言った。

「お願いします。お新香などはうちで漬けたものがありますから」

的屋のおかみは笑みを浮かべた。

「承知しました。あんまりひどくならなきゃいいんだけど」

おみねの表情が陰った。

「そうそう。ちょっと気になったことがあって」

おさだが少し声を落とした。

「何でしょう」

おみねも小声になる。

「朝早くお発ちになったお坊さんがいたんです。まだ大して降ってもいないのに『あらしになるから』って言って」

旅籠のおかみが告げた。

「分かるのかしら」

おみねの眉間にうっすらとしわが寄った。

「目つきの鋭いお坊さんで、『川や海には近づかないほうがいい』とも」

おさだは怖そうに伝えた。

「分かりました。まあとにかく、中食だけやって、夕餉代わりのおにぎりをつくります」

おみねは気を変えるように言った。

「お願いします」

旅籠のおかみの顔つきがやっと旧に復した。

二

本日の中食
きのこのたきこみごはん
きす天
とうふ汁
やさいにもの
二十食かぎり三十文
あらしにつき
二幕目はおやすみさせていただきます
わん屋

そう記された紙を貼った立て札が据えられた。

「雨が吹きこんでくるな」

真造が顔をしかめた。

「すぐ読めなくなってしまいそう」

おみねの表情も曇る。

「そもそも、立て札が倒れてしまう。やっぱりこれだな」

わん屋のあるじは縄を取り出した。

入口の柱にくくり付け、風に吹き飛ばされないようにする。

「のれんも出さないほうがいいかしら」

おみねが訊いた。

「風で吹き飛ばされてしまうかもしれないからな」

真造は答えた。

「風は？」

円造がとことこ出てきた。

「中にいなさい。吹き飛ばされてしまうよ」

おみねがあわてて言った。

「雨もときどき横なぐりに降る。戻りなさい」

真造も厳しい顔つきで言った。

わらべはしおしおと戻っていった。

いつもは中食に列ができたりするのだが、さすがにこの天候では客足は鈍かった。

それでも、的屋の泊まり客などがいくたりか来てくれた。

「ああ、ほっとするね」

「でも、急いで食べて帰らないと」

「もっとひどくなるかもしれないから」

二人の客が言う。

近場に住んでいる常連客だ。

「ほんとなら、川崎へ向かってたんだがよ」

「いや、もし出てたらええれえ目に遭ってるぜ」

「もうひと晩泊まりにするしかねえや」

一枚板の席に陣取った男たちが言った。

「的屋のお客さんですね？」

おみねが問うた。

「おう。おかみに聞いてきた」

「おれら、川崎の大工だが、帰れなくてよ」

客が答える。

「はい、お待ちで」

ここで膳が出た。

手伝いのおちさは来ていないが、これくらいの数なら二人で充分だ。

「おっ、来た来た」

「とにかく食おうぜ」

客はさっそく箸を取った。

茸の炊き込みご飯には、舞茸、平茸、占地の三種が入っている。茸は三種を一時に使うと、互いの味が響き合って格段にうまくなる。

名脇役は油揚げだ。

短冊に切った油揚げを平たい鍋で炒め、そこから出た油で茸を炒める。塩胡椒をきつめにしてやるのが勘どころだ。

「おお、うめえな」

「ことにお焦げがうめえ」

「こりゃ、来た甲斐があった」

川崎の大工衆が言った。

「鱚天もうまいよ」

「豆腐汁も五臓六腑にしみわたるね」

先客も笑顔だ。

ただし、客足はぱたりと途絶えた。どうやら二十食でも多すぎたらしい。

「おにぎり、おつくりしておきますので」

真造が言った。

「おお、頼むぜ」

「この炊き込みご飯は持ち帰れねえのかよ」

「冷めてもいいから、夕餉にも食いてえ」

大工衆が口々に言った。

「では、経木の箱にお詰めいたしましょう」

おみねが笑顔で言った。

「煮物もよろしければ」

真造が和す。

「そうだな。どの煮物もうめえから」

「これであとひと晩いけるぜ」

的屋の客が言った。

「持ち帰りができるのなら、こっちにもくんねえか」

「おいらも」

先客から手が挙がった。

「承知しました。鰭天のお代わりもできますが」

真造が水を向けた。

ここから大勢の客は来ないと読んだのだ。

「なら、くんな」

「そりゃ食わなきゃな」

調子のいい声が次々に響いた。

もう客は来そうにない。

中食は早めにしまうことにした。

おにぎりの包みと、炊き込みご飯と煮物を詰めた経木の箱を、わん屋の風呂敷に包んで渡す。さまざまな「わん」があしらわれた楽しい図柄だ。

「なら、もらって帰るぜ」

「また江戸に来たときに寄るよ」

「ああ、うまかった」

川崎の大工衆が腰を上げた。

「また来るよ」

「今度は晴れの日に」

先客も続く。

「ありがたく存じました」

「お気をつけて」

わん屋の夫婦が見送る。

「お気をつけて」

座敷にちょこんと座った円造も声を発したから、あらしの近づくわん屋に和気が満ちた。

客を見送ると、縄でくくりつけた立て札を外した。

貼り紙の字は、吹きつける雨でほとんど読めなくなっていた。

三

「ますますひどくなってきたな」

風の音を聞いて、真造が顔をしかめた。

雨戸を閉めているのに、家が根こそぎがたがた揺れる。

「雨も土砂降りに」

おみねが言った。

屋根をたたく雨音は恐ろしいほどに高まっていた。

「怖いよう」

円造がおびえる。

「だったら、奥でお布団に入っていなさい。これから夜になったら、ますますひどくなるかもしれないから」

おみねが言った。

「うん」

跡取り息子は素直に従った。

「水に浸からなきゃいいが」

真造は土間のほうを見た。

雨漏りのするところには、すでに桶や盥を据えてある。

「前にちょっと浸かったことがあるからね」

おみねが指さす。

「あのときより降るかもしれないな」

真造は腕組みをした。

「なら、大きな樽や柄杓でも置いておく？」

おみねが訊いた。

「そうだな。いざというときに備えて」

真造は答えた。

さっそく空き樽を座敷に運んだ。

「まあ、気休めみたいなものだがな」

真造が言った。

「いざとなったら、二人で柄杓を使って空き樽に入れれば、紙一重のところで止まってくれるかも」

おみねが空き樽を見て言った。

「前に船乗りのお客さんに聞いたけれど、千石船が水に浸かったら、アカトリっていう道具を使って水を汲んで樽に入れて捨てに行くんだそうだ」

真造が教えた。

「へえ。甲板から捨てるの？」

おみねが問う。

「そう。まだるっこしいようだけど、そうやって地道に手を動かしていくしかないって聞いた」

真造は身ぶりをまじえた。

「なら、もし水が上がってきたら、千石船に乗ってるつもりで」

と、おみね。

「そうだな。樽の水は裏から井戸へ捨てられるから」

真造が指さした。

「そうならなきゃいいけど」

おみねは案じ顔で答えた。

四

雨戸を閉めていても生きた心地がしなかった。

風で根こそぎ揺れる。いまにも屋根が吹き飛ばされそうだ。

雨も止む気配はなかった。

江戸の町に、滝のごとくに降り注ぐ。

おみねはなかなか寝つくことができなかった。

円造もそうだったらしく、いくたびか不安げな声をかけてきた。それをなだめて寝かしつけているうち、おのれもようやく遅い眠りについた。

夢を見ていた。

千石船に乗っている夢だ。

あらしに見舞われ、もみくちゃにされた船の中にだんだん水が浸入していた。

「水だ。かき出せ」

船頭が叫んだ。

真造の声だ。

いけない、とおみねは思った。

手を動かさなければ、船が水に浸かって沈んでしまう。

そのとき、大きな物音が響いた。

何かが倒れたような音だった。

おみねは、はっとして目を覚ました。

胸騒ぎがする。

真造も目を覚ました。

「どうした」

小声で問う。

「ついさっき大きな音が」

おみねはそう答えて身を起こした。

「どこかの長屋でも崩れたかな」

「そうかも」

「水はどうだろう」

真造は立ち上がった。

行灯(あんどん)に火をともす。

「うわっ」

真造は思わず声をあげた。

「水が……」

おみねは瞬(まばた)きをした。

土間じゅう水がついていた。

そればかりではない。あと少しで座敷の縁を乗り越えそうに見えた。

「柄杓だ。急げ」

真造が叫んだ。

「どこ？　柄杓はどこ？」

おみねはうろたえた。

「これだ。落ち着け」

真造は柄杓を渡すと、おのれも手を動かしだした。

「雨は小降りになってきた。大丈夫だ」

半ばはわが身に言い聞かせるように言う。

「はい」

おみねも柄杓を動かしだした。

「まだ一寸あまり間がある」

真造が言った。

おみねはうなずいた。

のどがからからで、言葉が出てこなかった。

しばらくは二人とも無言で手を動かした。

樽に水が溜(た)まっていく。

おみねの目には、土間の水かさは減っているようには見えなかった。むしろ上がっているように感じられた。

「よし、捨ててくる」

真造が重い樽を持ち上げた。

「一人で大丈夫？」

おみねが気づかう。

「ああ、平気だ」

真造は一歩一歩をたしかめるように樽を運んでいった。

樽はもう一つあった。

おみねはなおも懸命に柄杓で水を汲み出した。

早くも右腕が痛くなってきた。同じ動きを繰り返しているからだ。

「止みそうだぞ」

急いで戻ってきた真造が言った。

「風は？」

おみねが問う。

「収まってきたが、まだときどき強く吹く」

真造は口早に答えた。

その後もわん屋の夫婦は懸命に柄杓を動かした。

真造は樽の水を三度捨てに行った。

「止んだぞ」

三度目に戻ってきたとき、真造は安堵の表情で言った。

「じゃあ、もういい？　腕が動かない」

おみねは右腕を左手でもみながら訊いた。

「もうひと樽、おれがやる。それで大丈夫だ」

真造は答えた。

「なら、休んでもいい？　もう疲れちゃって」

おみねが訊いた。

「ああ、いいぞ。あとはやっとくから」

真造はそう答えるなり、また柄杓を動かした。

再び床に入ったおみねだが、気が立っていてなかなか寝つくことができなかった。

そのうち、一番鶏が鳴いた。

その声がいつもより心にしみた。

雨音はもう聞こえなかった。

第三章　甘藷粥（かんしょがゆ）

一

あらしのあとはいい日和になった。

ゆうべの雨風は嘘（うそ）のように収まり、江戸の町に日ざしが降り注いだ。

「やっと引いたな」

真造が土間を指さした。

「危ないところだったわね」

おみねが胸をなでおろした。

「水に浸かったら困るものはみな高いところに上げてある。ちょっとずつ掃除しながら戻すか」

真造はそう言って息をついた。

「そうね。厨は使えるだろうし」

と、おみね。

「困っている人のために炊き出しもできる」

真造が言った。

「あきないはお休みで」

おみねはすぐさま答えた。

ほどなく円造が起きてきた。

「あらしは？」

わらべが目をこすりながら訊く。

「おまえが寝てるあいだに行っちゃったぞ。もう大丈夫だ」

真造は白い歯を見せた。

「土間のこのへんまで水が来たのよ」

おみねが指さした。

「おかあと二人で、柄杓でかき出したんだ」

真造が告げた。

「そのせいで腕がぱんぱん」

おみねは右の上腕を押さえた。

「のれんは？」

円造が訊いた。

わん屋を開くのかどうかという問いだ。

「まだ後片付けがあるから無理だな。まずは土間の掃除だ。いろいろごみが流れこんできてるから」

真造はそう言うと、さっそく竹箒のほうへ歩み寄った。

二

流れこんできたごみを集めて袋に入れ、ひと息ついたとき、的屋のあるじの大造が入ってきた。

「ああ、大変でしたね」

旅籠のあるじが言った。

「ものすごいあらしでしたね。そちらは？」

真造が問う。

「ちょいと屋根が剝がれかけて、ひと部屋は畳の入れ替えになりそうです」

大造は答えた。

「まあ、それは大変でした」

おみねが気づかった。

「いや、うちなんかは大したことがないんですが、善之助（ぜんのすけ）さんの長屋が一つ夜中につぶれてしまったらしくて」

的屋のあるじの顔が曇った。

善之助はこのあたりにいくつも長屋を持っている顔役だ。困っている者からは家賃を取らない人情家主として知られている。

「夜中に大きな音が響いたのは、その音でしたか」

真造が言った。

「たぶんそうでしょうね」

と、大造。

「だれかお怪我（けが）は？」

おみねが案じ顔で問うた。

「なんとかみな助け出されたようで。ちょっとした怪我くらいで」

的屋のあるじが答えた。

「いまはどちらに？」

真造がたずねる。

「とりあえずうちに空き部屋があるので、休んでもらってるんですよ。で、こちらにうかがった用向きは……」

「食べるものですね」

おみねが先んじて言った。

「そのとおりで。みなおなかが空いていて、何か胃の腑が満たされてあたたまるものを食べたいと」

大造が伝えた。

「承知しました。それなら、急いで粥をつくりましょう」

真造は引き締まった顔つきで言った。

「そうしていただければ助かります。お代の少しはうちからも出しますので」

旅籠のあるじが言った。

「いえいえ、困ったときはお互いさまですから」

真造があわてて言った。

「うちの炊き出しということで」

おみねも和す。

「さようですか。なら、できたらお声をかけてくださいまし。せがれにも運ぶのを手伝わせますから」

大造が言った。

跡取り息子の大助(だいすけ)はまだ若くて頼りないところはあるが、体つきは若者らしくなってきている。

「承知しました。ちょうど甘藷が入っていますので、甘藷粥をつくりましょう」

真造は張りのある声で答えた。

三

「塩はきつめのほうがいいかもしれないな」

甘藷粥の味見をしながら、真造が言った。

「ああ、そうね。みなさん、お疲れだろうから」

おみねが言った。

「塩で甘藷の甘みも引き立つしな」

真造はそう言って甘藷粥の味見をした。

塩を足してまぜる。

再び味見をすると、わん屋のあるじは一つうなずいた。

ここで人が入ってきた。

手伝いのおちさと、その兄の富松だ。

「昨日は来られなくてすみませんでした」

おちさが頭を下げた。

「まあ、いいわよ。昨日の雨風じゃ無理だから」

おみねがあわてて言った。

「水は大丈夫でしたかい？」

富松が問うた。

「座敷まであと一寸くらいのところまで来たので、二人で柄杓で樽に水を入れて裏の井戸へ運んで捨てて」

真造は身ぶりをまじえて答えた。

「そりゃ大変でしたね。うちは雨漏りしたくらいだけど、ここへ来る道々聞いたところじゃ、海沿いはずいぶんやられちまったみたいで」

竹箸づくりの職人の顔色が曇った。

「高波で？」

おみねの顔色が曇った。

「鮫洲とかひどいそうで」

富松の眉間にしわが浮かんだ。

「こっちのほうも、木場のほうがえらいことになったみたいです」

おちさが告げた。

「ずいぶん幅広くやられたんだね」

真造が暗然とした顔で言った。

「住まいをなくした人は江戸の海沿い、川沿いでだいぶいるみたいでさ」

富松が言った。

「近くの長屋もつぶれてしまって、そこの的屋に逃れているので、これから炊き出しの甘藷粥を運ぶところで」

真造が告げた。

「そうですかい。江戸じゃさっそく御救いの動きが出てきてるそうで」

富松が答えた。

「江戸の人も捨てたものじゃないわね」

と、おみね。

「お上の御救い小屋に先んじて、御救い組のお坊さんたちが義援金集めに動いてるそうです。炊き出しもやってるんだとか」

おちさが伝えた。

「うちも負けちゃいられないわ」

おみねが二の腕を軽くぽんとたたいた。

「よし、できた」

真造が言った。

「なら、的屋さんに知らせてこなきゃ」

おみねが言う。

「わたしが伝えてきます」

おちさが手を挙げた。

「そう。悪いわね」

おみねは笑みを浮かべた。

「運ぶのはおいらも手伝いますぜ」

富松が言った。

かくして、段取りが整った。

四

大鍋は的屋の厨には入らないから、いったん土間に置き、鍋に小分けにして温め直してからふるまうことにした。

「はい、お次どうぞ」

できたところから、おみねが盆を運ぶ。

盆も椀もわん屋から運んできた品だ。

おちさも手伝いたそうだったが、円造を一人にしておくわけにはいかないから子守りを頼んだ。代わりに富松が助っ人に来ている。

「ああ、五臓六腑にしみわたるな」

甘藷粥を匙ですくって胃の腑に入れるなり、つぶれた長屋から逃れてきた男が言った。

「ほんと、ありがたいことで」

その女房とおぼしい女が言った。

「おう、おまえらも食え」

父がわらべたちに言った。

兄とおぼしいわらべが匙を取ったが、浮かない顔つきだ。

「元気出して。助かったんだから」

おみねが励ました。

「そうそう。身が助かれば、住むところなんてどうにでもなるから。しばらくうちにいてもらってもいいし」

的屋のおかみのおさだが言った。

「うん」

わらべは気を取り直すように甘藷粥を口に運んだ。

弟も続く。

「おいしい？」

おみねが問うた。

「……うん、おいしい」

「甘くてほかほか」

わらべたちはやっと笑顔になった。

甘藷粥をふるまっているうち、長屋の家主の善之助が顔を見せた。

「炊き出し、ありがたく存じます、わん屋さん」

鬢が白くなった人情家主はていねいに頭を下げた。

「いえいえ、このたびはとんだことで」

真造が答えた。

「いや、これまでもいろいろあって、そのたびに乗り越えてきたので」

その顔に年輪の刻まれた家主が笑みを浮かべた。

「おいら、大工だから、うちの組で建て直しまさ」

「おめえらはやることが早え（はえ）からよ」

「あっという間に元通りで」

粥を食していた男たちが言った。

「そりゃ頼もしい。ここいらは風だけで、波はかぶってないから」

善之助が言った。

「鮫洲のあたりはひどかったと聞きましたが」

粥づくりの手を動かしながら、真造が言った。

「そうらしいねえ。気の毒なことで」

人情家主は眉根を寄せた。

「家主さんも一杯いかがです？」

おみねが水を向けた。

「わたしは難に遭ったわけじゃないから」

おのれの長屋の一つがつぶれたというのに、善之助は粥の椀を受け取ろうとしなかった。

ほどなく、人情家主はほかの長屋の見廻りのために出て行った。屋根が剝がれたところや、雨漏りで畳が駄目になってしまったところもあるらしい。

それと入れ替わりに、わん屋の常連が入ってきた。

大河内鍋之助同心と手下の千之助だった。

五

「炊き出しをやってるって聞いてな」

大河内同心が渋く笑った。

「はい、甘藷粥を」

手を動かしながら、真造は答えた。

「甘藷はまだあるかい」

同心は口早に問うた。

「はい、あと大鍋二杯分くらいはつくれます」

真造はすぐさま告げた。

「なら、つないできまさ」

千之助がぽんと帯をたたいた。

「どこへ？」

おみねが短く問うた。

「は組の火消し衆が、炊き出しはどうかと言ってきたんだ。鮫洲とかに比べたらだいぶましだが、大川端にも高波が上がってつぶれた家があったんで」

同心が答えた。

「場所は椙森稲荷（すぎのもりいなり）で」

千之助が言葉を添える。

「ああ、あそこならちょうどいいかも」

おみねがうなずく。

むやみに広くはないが、富突（とみつき）の興行もやっているくらいだから、鍋の炊き出しくらいはできる。

「こちらが終わったらわん屋の厨に戻ります」

真造が言った。

「なら、つなぎに」

そう言うなり、千之助が駆け出して行った。

忍びの血を引く男は、人形かと見まがうほど白い肌をしている。嘘か真（まこと）か、先祖は忍者の草分けで四鬼（よんき）を操って朝廷に反逆を試みた藤原千方（ふじわらのちかた）らしい。

ほどなく、的屋では最後の甘藷粥がふるまわれた。

旅籠に身を寄せた者にはもれなくお助け椀が行き渡った。

「ああ、おいしい」

女房衆の一人が心の底から言った。

「つらいときに食うものは、心にしみるな」

その亭主とおぼしい職人風の男がうなずく。

「わたし、この味、一生忘れない」

もう一人の女房が涙声で言った。

それを聞いて、おみねが目元に指をやった。

思いが伝わってきたからだ。

六

「相森稲荷の炊き出しが終わったら、また戻っておにぎりと味噌汁をつくりますので」

真造が言った。

「お願いいたします」

的屋のあるじが頭を下げた。

「助かります。また声をかけてください」

おかみが言った。

「なら、ひとまず戻ります」

おみねが言った。

　大河内同心と的屋の跡取り息子の大助も手を貸し、大鍋や椀などをわん屋に運んだ。

　急いで洗い物をし、次の甘藷粥づくりに取りかかったとき、そろいの半被姿の火消し衆が入ってきた。

　背には、丸に「は」と記されている。

　ここいらを縄張りとする、は組の火消し衆だ。

　わん屋とかねて縁があるのは、三つくらべに出たり組の火消し衆だが、本来の縄張りは今戸（いまど）の界隈（かいわい）だから、しばしばのれんをくぐってくれるわけではない。

「おう、炊き出し、頼むぜ」

　かしらの惣兵衛（そうべえ）が声をかけた。

　常連というわけではないが、祝いごとでわん屋を使ってくれたことはある。

「承知しました」

　真造は気の入った声で答えた。

「いまからおつくりしますので」

　おみねもいい声を響かせる。

「おれらも手伝おう」

富松が妹のおちさに言った。

「甘藷の皮むきでしたらやりますので」

おちさが笑みを浮かべた。

「なら、助っ人をお願い」

厨から真造が言った。

「半刻（約一時間）くらいはかかるかい」

は組のかしらが問うた。

「さようですね。おおよそそれくらいで」

真造は答えた。

「なら、見廻りをしてからまた来るぜ」

惣兵衛は右手を挙げた。

「ご苦労さまでございます」

おみねがていねいに頭を下げた。

「よし、おれらも見廻りだ」

大河内同心が千之助に言った。

「へい」

手下が答える。

「できた頃合いに来るからよ」

今度は真造に向かって言った。

「承知しました。気張ってつくりますので」

わんな屋のあるじは白い歯を見せた。

七

「おう、できたかい」

そう言いながら真っ先に入ってきたのは大河内同心だった。

「あと少しで」

真造が答えた。

「世話をかけるな」

海津与力も姿を見せた。

「いえいえ、困ったときはお互いさまですから」

おみねは笑みを浮かべた。

ほどなく、は組の火消し衆も入ってきた。人情家主の善之助と店子たちも様子を見に来た。わん屋は急ににぎやかになった。

「炊き出しの触れはもう出してあるからよ」

かしらの惣兵衛が言った。

「目印におれらの旗印も立ててあるんだ」

纏持ちの辰平が言った。

気っ風のいい勇み肌だ。

「おにぎり、いかがですか」

おちさが声をかけた。

甘藷の皮むきのあと手が空いたから、できるだけおにぎりをつくった。

梅干しに、昆布の佃煮に、おかか。

ひとまずはその三種だ。

「いいのかい。おれらが食っても」

惣兵衛が訊く。

「どうぞ。ふるまいは甘藷粥がありますから」

最後の味見をしながら、真造が言った。

「おう、なら食いな」

は組のかしらが言った。

「ありがてえ」

「腹減ってたんで」

「これからまた炊き出しでひと気張りだから」

若い火消し衆が次々に手を伸ばした。

「うめえ」

「佃煮がうめえな」

「梅干しも味が深えぞ」

次々に声があがった。

「おれも一つくれ」

海津与力も手を伸ばした。

「なら、手下も」

大河内同心がおどけて続く。

「その手下も」

最後に千之助が手を伸ばした。

「佃煮はやはり飯に合うな」

口を動かしながら、海津与力が言った。

「昆布もいいけれど、貝の佃煮も酒の肴になりますな」

大河内同心が言う。

「茸の佃煮なども存外にいけるんですよ。あとは蕗とか」

甘藷粥を仕上げながら、真造が言った。

たくさんつくったおにぎりだが、あっという間になくなった。

ほどなく、甘藷粥の支度が整った。

「よし、行くぜ」

は組のかしらが言った。

「おう」

若い火消したちの声がそろった。

八

椙森稲荷で焚火をし、その上に大鍋を据えて炊き出しをする手はずになった。

「よっ、ほっ」

駕籠屋のような声を発しながら、火消したちが棒に通した大鍋を運ぶ。

ほかにも要り用なものは多い。

柄杓に椀に匙。それに、控えの大鍋を置いておくための筵。

そういったものも火消し衆が運んでいく。

ふるまいは任せて、真造とおみねはわん屋に残り、今度は的屋にいる人たちのためのおにぎりをつくりはじめた。円造のお守りもあるし、とにかく厨が大車輪だから、椙森稲荷まで出張って行くことは見合わせたのだ。

代わりに、影御用の三人が火消し衆に同行した。

わん屋へ何かつなぐことがあれば、千之助が韋駄天を飛ばすという段取りだ。

「そちらもご苦労さんで」

は組のかしらの声が響いた。

紺地に「救」と染め抜かれた旗が立っている。

わん屋でふるまわれたものより小ぶりで、ただの塩むすびのようだが、墨染めの衣に身を包んだ僧が大きな盆を持って立っていた。

その隣には、深い鉢を手にしたもう一人の僧が立ち、往来に向かってしきりに声を張りあげている。

われらは御救い組でございます。

このたびのあらしと高波で、多くの人々が難儀をしております。

われら御救い組は、ほどこしを行い、難儀をしている江戸の衆を一人でも多く助けるために立ち上がりました。

貯え(たくわ)のある方、切羽詰まっていない方は、どうか助け金をお恵みくださいまし。

南無阿弥陀仏、南無阿弥陀仏……。

僧は懸命に訴えていた。

「ご苦労さんで」

「こりゃあ少ねえが」

道行く人は足を止め、鉢に次々に銭を投じ入れていった。

「ありがたく存じます。塩むすびは困窮されている方にかぎらせていただきます」

盆を持った僧が言った。

「江戸のほうぼうで見かけるが、素通りはできねえな」

海津与力はそう言うと、ちゃりんと銭を投じ入れた。

「気張ってくんな、お坊さん」

大河内同心も続く。

「おいらも」

最後に、千之助が銭を投じ入れた。

深い鉢は銭があふれんばかりになっていた。

忍びの血を引く者の顔つきが、ほんの少しだけ変わった。

「われらは御救い組です」

僧がまた往来に向かって声を発した。

「ゆうべの災いで、江戸の多くの人々が難儀をしております。どうか助け金をお恵みくださいまし。南無阿弥陀仏、南無阿弥陀仏……」

いくぶんかすれた声が響いた。

「おう、助けるぜ」

「ちゃんと届けてくんな」

またちゃりんと銭の音が響いた。

九

「はいよ」

「一人一椀ですまねえな」

「うめえ甘藷粥だぜ」

は組の火消し衆の声が響いた。

「これ食って、元気出してくんな」

「甘藷は土の下で育つから、身の養いになるよ」

「さあさ、食ったり食ったり」

火消し衆の威勢のいい声が響いた。

「ああ、うめえ」

「五臓六腑にしみわたるぜ」

「こりゃあ、おめえさんらがつくったのかい」

一人が火消し衆にたずねた。

「通油町のわん屋がつくってくれたんで」

かしらの惣兵衛が答えた。

「器がどれも円いへんてこな見世だがよ。料理はどれも絶品だぜ」

纏持ちの辰平が言う。

「そうかい。なら、今度行ってみよう」

「長屋がつぶれて死にかけたが、この粥を食ったら元気が出てきた」

「そんなこともあるさ、江戸に住んでりゃ」

ほうぼうから声が飛んだ。

影御用の三人は、いくらか離れたところで何やら話をしていた。

機を見て、大河内同心が火消しのかしらに声をかけた。

「なら、あとは頼むぜ、かしら。おれらはちょいと見廻りがあるんで」

同心は告げた。

「承知で。なくなったらわん屋に鍋を返しまさ」

惣兵衛が答えた。

「何かあったら、若い者をつなぎに走らせてくれ」

海津与力が言った。

当初はつなぎ役だった千之助も見廻りに同行するようだ。

「承知しました。ご苦労さんで」

は組のかしらが答えた。

「では、参ろう」

海津与力が引き締まった顔つきで言った。

第四章　お助け膳

一

「おう、鍋のお帰りだぜ」

は組のかしらの声が響いた。

「椀や匙も一緒にお帰りでい」

纏持ちの辰平が和す。

「ご苦労さまでございました」

おみねが労をねぎらった。

「いかがでしたか、甘藷粥のほうは」

真造がたずねた。

「みな喜んで食ってたぜ」

かしらの惣兵衛が言う。

「なかには涙を流してるやつもいてよ」

纏持ちが身ぶりをまじえた。

「住むとこをなくして、身内に人死にが出た人が泣きながら食っててよう」

「あれは泣けたな」

「一生忘れねえって言ってたぜ、この粥の味を」

火消したちが伝えた。

「さようですか」

真造はしんみりとうなずいた。

人生のいちばんつらいときに食したものの味は、長く心に残るものだ。

「おっ、いい匂いだな」

「腹が鳴りやがった」

若い火消したちが言った。

「けんちん汁とおにぎりをつくっていますが、これは的屋さんにいるみなさんのものですので」

真造が申し訳なさそうに言った。

「おめえらはまだひと仕事だ。日が出てるあいだは縄張りを廻って後片付けの手伝いだ」

は組のかしらが手綱を締めた。

「へい」

「承知で」

若い火消したちが神妙に答える。

「それから、屋台の蕎麦でも食って夜廻りだ。気を抜くな」

纏持ちも叱咤する。

「へいっ」

「合点で」

若い火消したちの声に力がこもった。

二

具だくさんのけんちん汁ができた。

人参、大根、牛蒡、蒟蒻、豆腐……ごくあたりまえの具材だが、これを胡麻油で炒めてから汁に入れると、香りが立ってことのほかうまい。五臓六腑にしみわたる味だ。

富松とおちさは長屋へ帰る頃合いになった。

「最後に、的屋へつないできまさ」

富松が言った。

「ああ、お願いします。おにぎりも運ぶので」

真造が答えた。

「運び終わるまでは、わたしが円ちゃんと一緒に」

おちさが笑みを浮かべた。

「お願いね」

おみねも笑みを返した。

ややあって、的屋から大造と跡取り息子の大助がやってきた。ほかに、つぶれた長屋の店子だった男たちもいる。

「運びますぜ」

「ここで食いてえくらいだ」

店子の大工たちが言った。

真造とおみねも運び手に加わり、けんちん汁の大鍋とおにぎりを的屋に運んだ。

「ご苦労さまでございます」

おかみのおさだが礼を述べたが、その顔には憂色があった。

そのわけは、ほどなく分かった。

「実は、おまきが嫁いだ千鳥屋さんがあらしで難に遭ったらしくて。さっき知らせが届いたんですが」

あるじの大造が告げた。

「えっ、千鳥屋さんが？」

おみねは目を瞠った。

「金杉橋（かなすぎばし）の本店は大丈夫だったらしいんですが、おまきがおかみをやっていた宇田川橋（うだがわばし）の出見世が半ば壊れて、売り物もおおかた駄目になってしまったようで」

大造は浮かぬ顔で伝えた。

「それは大変なことで」

真造が言った。

「で、おまきちゃんたちは？」

おみねが問うた。

「幸い、おまきも幸吉も無事で、いまは本店に身を寄せているそうで、安堵はしたんですが」

大造が答えた。

「まあ、見世はまたやり直せばいいだけで」

気を取り直すようにおさだが言った。

「あの二人なら大丈夫ですよ」

真造が風を送るように言った。

千鳥屋は江戸でも指折りのぎやまん唐物処だ。隠居の幸之助はわん講の顔役の一人で、わん屋にもぎやまんの小鉢や器などを納めている。

その次男の幸吉と、的屋の娘のおまきが縁あって結ばれ、宇田川橋の手前に出見世を出した。本店をしのぐほどの繁盛ぶりだったが、その見世がこのたび難に遭ってしまったらしい。

「身が助かったのは不幸中の幸いで」

「そのとおりだよ」

大造が言った。

「おれらも気張るからよ」

つぶれた長屋の大工たちが言った。

「大黒屋さんや美濃屋さんは無事だったみたいです」

おさだが告げた。

さすがは人の出入りが多い旅籠で、どこがやられた、どこは無事だという知らせは次々に入ってくる。

「まあ、それはよかった」

おみねが胸に手をやった。

「わん講のみなさんで海に近いのは千鳥屋さんだけですから、あとは逃れられていると思います」

真造がうなずく。

「ああ、このけんちん汁はうめえな」

「涙が出てくるね」

「おにぎりもありがてえ」

つぶれた長屋から的屋へ逃れてきた人々が口々に言う。

「明日はやるのかい」

一人がわん屋のあるじに問うた。

「炊き出しになるか、見世でやるかはまだ決めていないんですが、必ず何かはおつくりします」

真造は引き締まった顔つきで答えた。

「おう、頼むぜ」

「わん屋の料理を食ったら、力がわいてくるから」

大工衆が白い歯を見せた。

三

「円造のお守り、ありがとうね」

わん屋へ戻るなり、おみねはおちさの労をねぎらった。

「いえいえ、で、明日の中食はあるんでしょうか」

すでに帰り支度を整えているおちさがたずねた。

「炊き出しにするか、困っているお客さんにかぎった膳にするか、ちょっと迷っているんだがね」

真造は腕組みをした。

「炊き出しは急に頼まれたりしますからね」

一緒に帰る兄の富松が言った。

「ただ、それは二幕目に回すことも」

と、おみね。

「そもそも、雨だったら炊き出しはできねえや」

竹箸づくりの職人が言った。

「たしかに」

真造は腕組みを解いた。

「なら、お助け膳をやるか」

おみねに向かって言う。

「お助け膳？」

「そうだ。困っている人にだけ、ただで召し上がっていただく膳だ」

真造は言った。

「貼り紙を出しておくのね」

おみねが訊く。

「そうだな。住むところが壊れたり、水が浸いたりして難儀をしている人にだけふるまう膳ということで」

真造は答えた。

「そりゃあいいけど、ちょいと湿っぽいかもしれねえな」

富松はおちさの顔を見た。

「お助けに力を貸している方にもふるまうことにしたらどうでしょう」

おちさが知恵を出した。

「ああ、それはいいかも。さっきの火消しさんたちにもふるまえるし」

おみねは乗り気で言った。

「凝ったものじゃなくて、数をつくらなければ」

真造が言う。

「なら、お粥とけんちん汁に煮物を添えるくらいで」

おみねが案を出した。

「そうしよう」

真造は両手を打ち合わせた。

「では、明日また来ますので」

おちさが笑みを浮かべた。

「お願いね」

おみねが笑みを返す。

「おいらは困ってねえから食えねえな」

富松がそう言ったから、わんや屋に和気が漂った。

四

翌日――。

わんや屋の前に立て札が出た。

貼り紙にはこう記されていた。

本日の中食
　お助け膳
かんしよがゆ、けんちん汁、やさいにもの
あらしですみかがこはれたり、たたみまで水につかつたり、なんぎをされた方にかぎり、ほどこしをさせていただきます。
また、あらしのたきだしやあとかたづけなど、力をつくしてゐる方にもおふるまひいたします。

わん屋

甘藷はいったんなくなったのだが、うわさを聞いた者から安い値(ね)でたくさん仕入れることができた。人情の輪がこうしてつながり、人を助けていく。

「おっ、ほどこしだぜ」

貼り紙に目をとめた左官衆の一人が言った。

「よく読めよ。難儀をした者にかぎったお助け膳だぜ」

「おいら、雨風で難儀したぜ」

「そういう難儀じゃねえって」

左官衆が掛け合う。

「おいら、長屋の屋根が半分飛んだのを片付けたがよ」

「それくらいじゃ弱(よえ)えぞ」

「こういうのを閻魔(えんま)様は見てるからな」

「そりゃやめとこう」

左官衆はそのまま去っていった。

ほどなく、的屋に身を寄せているつぶれた長屋の衆が連れ立ってやってきた。

「おや、まだのれんが出ていないね」

先導してきた人情家主の善之助が言った。

その声を聞いて、おみねがのれんを手に姿を現わした。

手伝いのおちさもいる。

「お待たせいたしました。どうぞお入りくださいまし」

おみねがにこやかに言った。

「世話になるね。わたしはいいから、店子たちに食べさせてやってください」

善之助が温顔で言った。

「承知しました」

と、おみね。

「どうぞお入りくださいまし」

おちさが身ぶりをまじえた。

このあとはおみねが入口に立ち、難儀のわけを訊くことにしている。つらい話も耳に入るかもしれないから、若いおちさではなくおみねが担うことにした。

つぶれた長屋の店子たちは思い思いに陣取り、お助け膳に舌鼓を打ちだした。

「ここで食うと、またひと味違うな」

「甘藷粥もけんちん汁もうめえ」

「煮物もいい塩梅だ」

お助け膳の評判はいたって良かった。

おみねは入口で客の相手をしていた。

「水に浸かって、親子みなで土間の筵にくるまって寝てるんで。棒手振り(ぼてふり)でまだ日銭を稼げねえし」

疲れた顔の男が言った。

その後ろでは、女房が子の手をつないでいた。背負子(しょいこ)の中には赤子もくるまっている。

「それは大変でございました。どうぞお入りくださいまし」

おみねはすぐさま通した。

「すまねえこって。明日にゃ棒手振りをまた始められるんで」

男はそう言って頭を下げた。

常連で道場の師範代の柿崎隼人も姿を現わした。

「道場の屋根が飛んでしまってな。後片付けで大変だった。ろくに物も食っていなかったから、恵んでくれるか」

なじみの武家が言った。

「もちろんでございます。それは災難でございました。さあどうぞ」

おみねは身ぶりをまじえた。

その後も次々に人がわん屋ののれんをくぐってきた。

「おう、今日も炊き出し、頼むぜ」

は組のかしらの惣兵衛が歩きながら言った。

「承知しました。ただ、中食が一段落してからになりますが」

厨で手を動かしながら真造が言った。

「そりゃ、そっちを先にやってくんな」

と、惣兵衛。

「火消しさんたちにもふるまわさせていただきますが」

真造が水を向けた。

「数はあるのかい」

「はい、ございます」

「なら、若え者に食わしてやろう。ちょっと待っててくんな」

いなせなしぐさをまじえると、は組のかしらはわん屋から出ていった。

ややあって、同じ半被をまとった火消し衆がどやどやと入ってきた。

それればかりではなかった。「救」と背に染め抜かれた僧衣姿の御救い組も三人入ってきた。どうやらお助け膳のうわさを聞きつけたらしい。

「よし、このへんで止めてくれ」

真造が大声で言った。

「打ち止めです、おかみさん」

膳を運び終えてから、おちさが声をかけた。

「はいよ」

おみねはそう答えると、手際よく立て札とのれんをしまった。

「ああ、やっとけんちん汁にありついたぞ」

火消しの一人が言った。

「甘藷粥もふるまうばかりだったたからよ」

「こりゃあ、うめえ」

「粥も汁も生き返るな」

「煮物もたくさんあってうめえ」

火消し衆の評判は上々だった。

「これで刺身とかついてればいいんだが」

「焼き魚とかな」

そんな声も聞こえてきた。

それを耳にして、おみねは少し小首をかしげた。

「ああ、うまかった。気を取り直してやらなきゃ」

「そういう気にさせてくれる膳でしたね、親方」

仕事場が水浸しですぐには使えないという簪(かんざし)づくりの親方と弟子が言った。

「なら、見廻りのあとにまた来るぜ」

は組のかしらが右手を挙げた。

「承知しました。いまから仕込みますので、おおよそ半刻後に」

真造が気の張った声で言った。

五

火消し衆が出てしばらく経ったとき、御用組の三人が急ぎ足で入ってきた。

海津与力と大河内同心と千之助だ。

「これからまた椙森稲荷で炊き出しで」

手を動かしながら真造が言った。

「そうかい。そりゃ気張ってやってくんな」

大河内同心が言った。

「ところで、こんなかわら版がほうぼうで配られていてな」

海津与力が一枚の刷り物をおみねに渡した。

片づけものの途中だったおちさも足を止めて見る。

こう記されていた。


褒むべし、御救ひ組。

墨染めの衣に「救」の文字もあざやかに、江戸の町を疾駆せり。

災ひが起きるや、難儀せる者たちを助けんと、往来や辻に出て握り飯をふるまひたり。

なんたる大いなる救ひぞ。無私なる尊き行ひぞ。

御救ひ組のほまれは、それのみにとどまらず。握り飯配りばかりでなく、托鉢の深鉢を持ちて助け金を集めたり。

余裕なき者はたつた一文にてもかまはず。御救ひ組はさう訴へてをりし。

たとひ一文の施しでも、千人万人とつらなれば大枚となるべし。災ひに遭ひたる多くの者が助かるべし。

江戸に住む心ある者たちよ。

見逃すなかれ、「救」の旗を。

素通りするなかれ、「救」の墨染めの衣の前を。


そのあとには、ずいぶん大きな引札（広告）が入っていた。

薬研堀の釣り具師、瓢箪屋利助のものだ。

「こういう引札は、前からつくってあったものを使うんでしょうか」

おみねが腑に落ちない顔で訊いた。

「そりゃそうだろう。急につくっても間に合わねえ」

大河内同心が答えた。

おちさが我に返ったように片づけものを運んでいった。

「御救い組はここへ来たりしなかったかい」

海津与力がたずねた。

「今日の中食のお助け膳にお三人見えました」

おみねは指を三本立てた。

「何か変わったことはなかったか」

豊かな髷の海津与力の眼光が鋭くなった。

「ええ、あの……」

少しためらってから、わん屋のおかみは意を決したように告げた。

「お坊さんなのに、この膳に刺身や焼き魚があればよかったのにとおっしゃっていて、変だなと」

おみねは小首をかしげた。

「寺方は精進だからな」

大河内同心が言った。

町方の隠密廻りのようにさまざまななりわいに身をやつして町を廻ることも多い大河内同心だが、今日はさっぱりした着流しだ。

「おいらがにらんだとおりかも」

千之助が渋く笑った。

「何をにらんだんです？」

おみねが問う。

「いや、忍びの勘のようなもので」

千之助はややあいまいな返事をした。

「ちょいとそのあたりを打ち合わせだな」

海津与力が座敷を手で示した。

「円造、旦那方がそこをお使いだから、そろそろやめて奥へ行ってなさい」

円太郎で遊んでいたわらべに向かって、おみねが言った。

「はあい」

円造は素直に従って、茶運び人形を抱き上げた。

「偉（えれ）えな」

大河内同心が笑みを浮かべた。

「御酒（ごしゅ）はいかがいたしましょう」

おみねが訊く。

「また調べに出るから茶でいい」

海津与力が言った。

「甘藷粥ができたら、一杯くんな」

大河内同心が指を一本立てた。

「承知しました」

おみねは笑みを浮かべた。

六

「とにかく、臭うな」

海津与力が声を落として言った。

「御救い組は、去年の大火のあとにも出ていたようですが」

大河内同心がそう言って茶を啜（すす）った。

「このたびのあらしのあとは、去年とは数が違うようで」

と、千之助。

「まるで江戸に災いが振りかかるのを待っていたかのようだな」

海津与力も茶を啜る。

「偽の僧まで使っているとなると、いよいよ怪しいかと」

大河内同心の顔つきが険しくなった。

「なら、おいらの出番ですかい」

千之助がおのれの胸を指さした。

「寺か」

海津与力が短く問うた。

「へい」

千之助も短く答える。

「もう少し外堀を埋めてからっていう手もありますが」

大河内同心が慎重に言った。

「いや、うかうかしてると、さらに悪事をやらかすかもしれねえ」

海津与力が湯呑みを置いた。

「素性の知れねえ住職ですからね」

千之助があごに手をやった。

御救い組のかしらは、根岸（ねぎし）にある大願寺（たいがんじ）の住職をつとめる覚正（がくじょう）という僧だった。寺は長く無住だったが、いつしか覚正が棲（す）みつき、弟子と檀家を集めて、いまはかなりの構えとなっている。素性は知れないが、才覚のある僧だというもっぱらのうわさだった。

「なら、忍び仕事をやらせますかい」

大河内同心は声をひそめて、千之助のほうを手で示した。

「そうだな、頼む」

海津与力のまなざしに力がこもった。

「承知で」

忍びの心得のある者は気の入った声で答えた。

「ただ、怪しいのは寺だけじゃありませんな」

大河内同心はそう言って、ふところから一枚の刷り物を取り出した。

例のかわら版だ。

「それはおれも気になってた。ひょっとしたら手下かもしれねえ。ずいぶん数が出ているところを見ると、根岸の寺ばかりじゃなく、江戸に出城みてえなところがあるんだろう」

　海津与力はそう察しをつけた。

「そのあたりも探ってきまさ」

　千之助が言った。

　そこで、は組の火消し衆が入ってきた。

「おう、そろそろかい」

　纏持ちの辰平が問うた。

「まもなくできますので」

　真造が厨から言った。

「なら、運ぶぜ」

　かしらの惣兵衛が若い火消したちに言った。

「おれの分を忘れねえでくれよ」

　座敷から大河内同心が手を挙げた。

「ただいまお持ちしますので」

　おみねがすぐさま答えた。

第五章　釣れた大魚

一

遠くからでもその字が見えた。

墨染めの衣の背に「救」と染め抜かれている。

日はすでに沈んだ。西の空に名残りの茜がたゆとうている。ほどなく江戸の町は夜の闇に沈むだろう。

御救い組の僧は一人ではなかった。数人がかたまって、ときおり笑い声をあげながら歩いていく。

その背を、千之助は着実に追った。

忍びの血を引く男だ。常人には見えぬところまで見通すことができる。

嚢を背負っていた。中には忍び刀と黒装束と手裏剣が入っている。暮れきる前にそんないでたちで歩くわけにはいかないから、機を見て着替えるつもりだった。待ってな。

そのうち、化けの皮を剝がしてやるから……。

御用組の密命を帯びた者は、「救」の字をはっきりととらえながら進んだ。僧形の者たちがどこへ進んでいるのか、察しがついた。

根岸だ。

覚正和尚が住職をつとめる大願寺へ戻るところに違いない。

歩を進めているうちに、空はしだいに暗くなってきた。

そのうち、小さな稲荷神社が目にとまった。

千之助は素早くその裏手に回った。

着替えの囊を置いておくにはちょうど按配が良かった。祠の裏手に隠しておけば、まず見つかる恐れはない。

だが……。

だいぶ人家はまばらになったが、まだ闇は薄い。いま少し待ったほうがよさそうだ。

千之助は空を見上げた。

ときおり鳴きながら舞う鳥たちの影が何がなしに不吉だった。

忍びの勘は鋭い。

御救い組の者たちとすれ違ったとき、異な感じが走った。

悪い気のようなものを察知したのだ。本当に心の底から人を救おうとしているのなら発せられるはずのない邪悪な気だ。

御用組がそこから糸をたぐり寄せて見ると、いろいろと腑に落ちないところが浮かびあがってきた。

江戸のほうぼうでばらまかれていたかわら版では、災いで難儀した者たちを救う者たちとして絶賛されていたが、これはとんだ食わせ者かもしれない。

その正体をたしかめるために、千之助はこれから寺への忍び仕事に臨むところだった。

やがて、空は充分に暗くなった。

寺へ忍びこむにはまだ早いが、着替えて近くまで行くのはもう頃合いだ。

周りの様子をうかがうと、千之助は忍び装束に身をあらためた。

そして、腰を落とした忍び走りで大願寺のほうへ向かった。

二

庭木の陰に、千之助は身を隠した。

障子の向こうに灯（あか）りが見える。ときおり笑い声が響いてくる。どうやらかなりの者が集まっているらしい。

闇が濃くなった。夜空に鎌のような月が懸かっている。

千之助は障子の灯りのほうへ進んだ。

天井か、軒下か。

忍び仕事をするには二つに一つだ。

もともと無住だった寺だ。屋根裏にはいま一つ信を置けそうになかった。感づかれたら危ない。

千之助は軒下を選んだ。

蜘蛛（くも）の巣をかいくぐり、鼠（ねずみ）どもをふりはらいながら少しずつ這（は）っていく。

忍びの耳は鋭い。

修練を積めば、針が落ちる音まで聞き分けることができる。

やがて、千之助の耳に声が届いてきた。

「一段目は、ほぼ終わりだな」

いくぶんしゃがれた声が響いた。

「これだけでも、それなりの稼ぎで」

「托鉢の深鉢が銭で一杯になりましたからな」

「さすがは和尚さまの知恵で」

手下とおぼしい者たちの声が響いた。

「江戸は馬鹿者ばかりだからな。難儀をしている者に施しをすると言えば、頭から信じこんで巾着をゆるめてくれる。赤子の手をひねるがごときだ」

覚正和尚が言った。

「われらの酒代になってるとも知らずに銭を恵んでくれるのだから、ありがたいもので」

「南無阿弥陀仏の題目を唱えて、手を合わせていれば銭が増えるのだから、楽なあきないですな」

手下の僧たちが言った。

「ただ、これくらいで満足していてはいかんぞ。これから、二段目、三段目があるんだからな」

覚正和尚は言った。

「はい」

「だんだん稼ぎが増えていくんで」

「酒代どころか、新吉原の花魁（おいらん）代も」

「げへへへ、そりゃいいや」

下卑た笑い声が響いた。

「それで、二段目の段取りはどうしましょう、和尚」

手下がたずねた。

「このたびの企（くわだ）ては、周到に読みを入れて思案したものだ。何か災いが起きるのを待っていたのだが、おあつらえ向きにあらしと高波が来てくれた」

覚正和尚の声が響く。

「ここでやってる法話とはまるで違いますな」

「さすがの才覚で」

「これで罰が当たらないんだから大したもんで」

手下たちが言った。

「罰など当たるか。仏などおらぬ」

平然とそう言い放つと、和尚は段取りの話に戻した。

「災いが起これはすぐ動き、握り飯などをふるまって施しの銭を集める。その尊い行いをかわら版で褒めたたえ、江戸のほうぼうでばらまいて信を得る」

話はかわら版まで進んだ。

「ついでに引札も入ってましたが」

「あれは利助の才覚だ。あらかじめ引札をつくっておけばすぐかわら版を出せる」

「兄弟そろって頭のいいことで」

「まあな」

そのやり取りを聞いて、軒下の千之助は小さくうなずいた。

利助とは、引札を出していた薬研堀の釣り具師に違いない。

だんだん糸がつながってきた。

釣り具師と覚正和尚は兄弟のようだ。無住の寺に棲みついた素性の知れない住職だから、べつに不思議はない。釣り具は魚を釣るが、和尚は偽のお救いの旗を立て、江戸の民から金を釣りあげようとしているのだろう。

「このかわら版は、われらが信の手形のごときものだ。これを手に、江戸のおもだったあきんどのもとを廻り、助け金を求める。ここからが二段目だ」

覚正和尚は言った。

「いままで一文二文だった銭がぐっと上がりますな」

「一両二両、いや、十両二十両と」

「ぐへへへ」

手下の一人が笑った。

「欲をかくな。一朱くらいでもいい」

覚正和尚はぴしゃりと言った。

「二段目で狙うのは、大店ばかりじゃない。手堅いあきないを続けている見世や問屋は江戸にたくさんある。そういうところから助け金を募る。どこそこはいくら出した、あそこからはいくらもらったとさりげなく告げながら廻れば、『それなら、うちも出さねば』と巾着をゆるめる。人ってのはそういうもんだ」

御救い組のかしらとも言うべき僧が言った。

「で、それが三段目にもつながるわけですな」

「ものすごい深謀遠慮で」

「さすがは和尚さま」

手下たちが持ち上げる。

「二段目の助け金廻りは下見を兼ねている。次の獲物をさりげなく探すわけだ。おれが廻るわけにはいかないから、頼むぞ」

地金を現わし、住職はおのれのことを「おれ」と言った。

「獲物探しですな」

手下が言う。

「そのとおり。押し込みの獲物探しだ」

覚正和尚の声が響いた。

三

押し込みだと？

軒下の千之助は色めき立った。

すると……。

素性の知れないこの男の正体は盗賊だったのか。

引札がかわら版に載っていた薬研堀の釣り具師は兄弟のようだが、釣り糸を垂れていたら思わぬ大魚がかかったようなものだ。

二段目の段取りの話が続いた。

「なら、これから割り当てを決めよう。抜かりなく廻れ」

覚正和尚が言った。

「へい」

「承知で」

手下たちが答える。

一つ一つ、名が読みあげられていった。

むろん軒下からは見えないが、どうやら詳細な切絵図が広げられているようだ。

横山町、糸物問屋、伊勢屋
通旅籠町、糸物問屋、丁子屋
割り当ての名が読みあげられる。

同じあきないで、近場のところをまとめて廻る算段になっているようだ。

「この丁子屋(ちょうじや)ってのは、小金を貯めているらしい。備えはどうか、素早く検分しておいてくれ」

大願寺の住職が言った。

「へい、承知で」

手下が答える。

なりは僧でも、まごうかたない盗賊とその手下のやり取りだ。

大伝馬町、針問屋、住吉屋
大伝馬町、針問屋、上州屋
名が次々に読みあげられていく。

胸さわぎがした。

ここでも忍びの勘は正しかった。

ほどなく、その名が読みあげられた。

通二丁目、塗物問屋、大黒屋

隠居の七兵衛の見世だ。

「ここの隠居はまだまだ達者で、わんばかり扱うわん市の肝煎りらしい。つなぎの場は、通油町のわん屋だ」

覚正和尚はそこまで調べあげていた。

「わん屋だったら、お助け膳を食べてきましたぜ、かしら」

「おれらは御救い組だから、ただで」

「がははは」

また品の悪い笑い声が響く。

「そうかい。うまかったか」

和尚が問う。

「まあ、施し物としては上々で」

「魚がなかったのが玉に瑕(きず)でしたが」

手下が答えた。

「坊主がそんなことを言ったら怪しまれるぞ」

覚正和尚はすかさず言った。

「ああ、そうか」

「ころっと役を忘れてました。すまねえこって」

手下が謝る。

「大黒屋は押し込むには手頃な構えだろう。ちゃんと下見をしといてくれ」

「へいっ」

かしらの声に、手下は勢いよく答えた。

その後もさまざまな見世の名が読みあげられたが、知り合いは大黒屋だけだった。

千之助は軒下から外へ戻り、夜陰に乗じて走った。

そして、稲荷神社の裏手に隠しておいた嚢から着替えを取り出し、何食わぬ顔で帰路に就いた。

四

江戸の衆の立ち直りは早い。

翌日から、人情家主の善之助の長屋はもう普請が始まった。

手を動かしだしたのは、店子の大工の組だ。木が運びこまれ、朝から槌音が響きだした。

「おう、すまねえが、今日は昼前から甘藷粥のふるまいをしてえんだが」

は組のかしらの惣兵衛が、わん屋に入るなり言った。

「さようですか」

真造は思案げな顔つきになった。

今日もお助け膳を出そうと考えていたのだが、それだとつくるほうの手が足りない。

「相森稲荷でほどこしがあると聞いて、鮫洲で家を流された者らがもう集まってきてるんだ。気の毒でよう」

情のある火消しのかしらが瞬きをした。

「まあ、鮫洲からわざわざこちらまで」

おみねが気の毒そうに言った。

品川宿の先の海沿いだから、かなり離れている。

「横山町の旅籠がいくつか組になって、住むところをなくした人たちを当分のあいだいさせてくれることになったんだ。そこへ落ち着くまでに、評判の甘藷粥をっていう話なんだがな」

惣兵衛は改めて言った。

「承知しました。すぐかかります」

真造はそう請け合った。

「悪いな。今日だけだからよ」

は組のかしらが右手を挙げた。

「では、半刻ほどお待ちくださいまし」

真造が言った。

「おう、分かった。あとで取りに来るから」

惣兵衛はそう言うと、急ぎ足で出て行った。

「お膳はどうしよう、おまえさん」

おみねがすぐさま問うた。

「二つは無理だ。見世の前で握り飯と、何か椀物でも出すか」

真造は答えた。

「じゃあ、おにぎりはわたしが。おちさちゃんが来たら手伝ってもらって」

おみねが言う。

「あとはお助け椀だな」

真造は腕組みをした。

絵図面はすぐさま浮かんだ。

わん屋のあるじは、さっそく大急ぎで手を動かしだした。

五

「お助け椀、いかがですかー」

おみねが入口で声を張りあげた。

「おいしい煮ぼうとうですよ」

手伝いのおちさも和す。

わん屋ではふるまいが始まった。

座敷の奥には囲炉裏がある。そこに大鍋をかけ、大きめの椀に取り分けて渡す。

中身は煮ぼうとうだ。

とろみのついたこしのある麺とたっぷりの具が嬉しいお助け椀になった。ほうとうの味つけは、甲州では味噌仕立て、武州深谷では醤油仕立てと異なるが、今日は味噌仕立てにした。

具は人参、葱、南瓜、蒟蒻、里芋、油揚げと多士済々だ。ことに南瓜の甘みは味噌仕立てのだしに合う。味をたっぷり吸った油揚げも欠かせぬ脇役だ。

「はいよ」

「どんどん食ってくんな」

入ってきた客に煮ぼうとうを取り分けて渡しているのは、は組の火消し衆だった。

椙森稲荷へ運ぶ炊き出しの甘藷粥の大鍋を取りに来たとき、わん屋でもふるまいをやると告げたところ、かしらの惣兵衛は若い火消しを助っ人として二人回してくれた。おかげで、おみねとおちさが入口で呼び込みをし、囲炉裏の前で火消し衆が取り分けて渡すという流れをつくれるようになった。これなら真造は安んじて厨で次の鍋を支度することができる。

「よし、もうひと玉」

ねじり鉢巻きの真造は、気を入れてほうとうを打った。

甘藷粥もつくったあとだから、さすがに大鍋二杯分で打ち止めだ。

ふるまいの列には、つぶれた長屋の大工衆も並んだ。

「はいよ」

「うめえ煮ぼうとうだぜ」

その手にも椀が渡る。

大黒屋から仕入れた黒塗りの大椀だ。

「おう、ずっしりと重いぜ」

「こりゃ食いでがあるぞ」

「力が出そうだ」

大工衆はさっそく箸を動かしだした。

おちさの兄の富松がつくった竹箸だ。

「ああ、こりゃうめえ」

「あっという間に長屋が建て直せるぜ」

「蒟蒻も里芋もうめえ」

「麺にこしがあって、味噌仕立ての汁がとろっとしててよう」

評判は上々だった。

初めの大鍋があらかたなくなったところで、おみねとおちさが中へ入った。

「あとはうちでやりますので」

おみねが助っ人の火消し衆に言う。

「そうかい。なら、稲荷のほうへ向かいまさ」

「あっちも終わり方だろうがよ」

火消し衆が答えた。

「ありがたく存じました」

真造が厨から礼を述べた。

ほどなく、次の煮ぼうとうが囲炉裏にかけられた。甘藷粥づくりから合戦場のような忙しさだったが、この鍋が終われば一段落だ。

うわさを聞いて、的屋に身を寄せている人たちもやってきた。案内役はおかみのおさだだ。

「わたしも手を貸しましょうか」

旅籠のおかみが申し出た。

「さようですか。なら、空いた椀と箸の置き場のご案内と、新たなお客さんのお導きをお願いします」

おみねがいくぶんすまなそうに答えた。

「こっち」

座敷にちょこんと座った円造が手を挙げた。

その前に置かれた大きな盆の上に、空になった椀がうずたかく積み重ねられている。

「ああ、円ちゃん、お手伝いえらいわね」

おさだが笑みを浮かべた。

「うん」

わらべがうなずく。

そこでまた何人か入ってきた。

「どうぞ奥へお進みくださいまし」

さっそく的屋のおかみが導き役をつとめる。

「おれらは食いに来たわけじゃねえんだ」

大河内同心が言った。

その声を聞いて、おみねが振り向いた。

わん屋に入ってきたのは、御用組の大河内同心と海津与力、手下の千之助。

それに、もう一人いた。

大黒屋の隠居の七兵衛だった。

六

「ご隠居さんとこから入れさせていただいたお椀が働きで」

おみねがうずたかく積まれているものを指さした。

「そうかい。そりゃありがたいね」

そう答えたものの、大黒屋の隠居の表情はいやに硬かった。

「今日はお付きさんは？」

おみねがいぶかしげに問うた。

「忍びなので、一人だけだよ」

七兵衛は答えた。

「手が空いたらでいいんだが、あるじの耳にも入れておきたいことがあってな」

海津与力が言った。

「それから、酒を頼む。肴はあぶったあたりめくらいでいい」

大河内同心もいつもより厳しい表情だ。

「おいらは茶で」

千之助が手を挙げた。

忍びの血を引くこの男はまったくの下戸だ。

「はいはい、分かってますよ」

おみねは笑顔で答えて厨に向かった。

「まあ、今日には来ないと思うがな」

海津与力が声を落として言った。

「一人一人の割り当てのうち、大黒屋はいちばん終いだったので」

忍び仕事をこなしてきた千之助が言った。

「一軒ずつ助け金を求めながら、押し込みの下見をするんだから、一日に二十軒も廻れるめえ」

大河内同心が言った。

「割り当ての終いのほうから廻るやつもいねえだろう」

海津与力が渋く笑った。

「場所はおおかた近場で、順に廻りやすいようになってました」

と、千之助。

「となりゃ、やっぱり大黒屋は明日か明後日だな」

同心がそう言ったとき、真造が酒と肴を運びがてらやってきた。

「お待たせいたしました」

真造が盆を置いた。

おみねはおちさとともにまだお助け椀のふるまいだ。

「おう、ご苦労だな」

海津与力が労をねぎらった。

「ちょいと今日は耳に入れたいことがあってな」

大河内同心が少し声を落とした。

「えらいことになってしまったんだよ、わん屋さん」

大黒屋の隠居の顔つきが曇った。

「と言いますと？」

真造が訊いた。

「厨のほうはどうだい。まだつとめは残ってるのかい」

海津与力が気づかった。

「いえ、あとは片づけものと洗いものだけです」

わん屋のあるじは答えた。

「なら、話を聞いてくれ」

与力は座敷を手で示した。

それからひとしきり、話の子細を聞いた。

聞き進めるうちに、真造の表情はしだいに厳しくなっていった。

第六章　二段目まで

一

翌日——。

そろそろ日が西に傾きかけたころ、通二丁目の路地の蕎麦屋に二人の僧が入った。

ともに背に「救」という字が染め抜かれている。

小上がりの座敷に陣取ると、御救い組の二人はもり蕎麦を頼んだ。

「昼から動き詰めで腹が減ったな」

一人がいささか疲れた顔で言った。

「廻るのはあと一軒で終いだから」

組になっているもう一人が言う。

千之助の忍び仕事ではそこまでは分からなかったが、二人一組で割り当てをこなしていた。

「ここまでは、わりかたいい実入りになったが」

「そりゃ、一文ずつ銭を集めてるよりはずっと割りがいいさ」

「十両出されたときにゃ、思わず笑いそうになっちまったぜ」

「『手前どもは難儀をしておりませんので、どうか困っている方々にお施しを願います』とか殊勝なことを言ってやがった」

一人が声色を遣いながら言った。

ここで蕎麦が来た。

たぐりながら相談を続ける。

「ただ、二段目の実入りはあったが、三段目のほうは帯に短し襷に長しだったな」

片方の僧、いや、僧のなりをしている悪党の手下がそう言って、音を立てて蕎麦を啜った。

「金がありそうなところは備えが堅く、備えが甘いところは金がなさそうだったりな」

もう片方が声を落として言った。

「表店(おもてだな)の立派なのれんなのにたった十文とか」

「あれにはあきれたな」

また蕎麦を啜る音が響く。

「ま、残りものには福があるって言うから」

「塗物問屋の大黒屋に押し込み甲斐があればいいんだが」

「一つも獲物なしじゃ、さすがに帰りづれえ」

「なら、初めから押し込みの白羽の矢を立てるつもりで行くか」

色の浅黒いほうが水を向けた。

「そうだな。そうしようぜ」

もう一人の唇がねじれた男がうなずいた。

かくして、相談がまとまった。

二

大黒屋は通二丁目の路地をいくらか入ったところにある。

さほど広い間口ではないが、二階建てで品のいい構えだ。二階からは路地と本通りが見える。

その柿色ののれんを、二人の僧形の男がくぐった。

「御免」

声が響くや、座敷に控えていた男が一礼した。

まるで来るのを待っていたかのようだった。

「われらは江戸の御救い組です」

浅黒い顔の僧が言った。

もう一人がかわら版をふところから取り出してかざす。

「このたびの大あらしと高波にて、多くの人々が難儀を強いられております。その危難を救うべく、われらは立ち上がり、助け金を募っているところであります」

唇のねじれた男が言った。

「数多い江戸の商家のうち、これはと見込んだ名店にのみ足を運び、助け金を集めて回っております」

色の浅黒い男が一礼する。

「それはそれは、ご苦労さまでございます。御救い組の皆様のご活躍ぶりは、かわら版のみならず、町でも折にふれてお見かけし、ありがたいことだと拝みたい心持ちでおりました」

鬢が白くなった男が両手を合わせた。

「では、恐れ入りますが、助け金を頂戴できれば、われらが必ず困窮されている方々に届けますので。たとえば、握り飯のふるまいや……」

片方の男が御救い組のこれまでの実績をずらずらと並べだした。

そのあいだ、もう一人は大黒屋のほうぼうに目をやっていた。何の必要があるのか、大戸やくぐり戸にも一瞥(いちべつ)をくれる。

「……ざっとかくのごときで、大黒屋さんからの助け金でたくさんの人々が飢えを満たし、立て直しへの活力を得ることができるのです」

長広舌がようやく終わった。

「それは助け金の出し甲斐があろうというものです。あ、申し遅れました。手前は大黒屋の隠居で七兵衛と申します。どうぞよしなに」

七兵衛はていねいに一礼した。

「こちらこそ。いきなりたずねて相済まぬことで」

色の浅黒いほうが礼を返した。

「大黒屋さんが最後ですが、同じ塗物問屋の上総屋さんからは一両」

唇のねじれた男が指を一本立てた。

「上総屋さんは羽振りがよろしいですからな」

隠居が笑みを浮かべた。

「同じく、塗物問屋の須田屋さんからは一朱の助け金を頂戴しました」

いくらか渋い顔で告げる。

「さようですか。実は、手前は隠居後にあれもこれもやりたいとかねて思案しておりましてな。そのために、相当の金を貯えておりました。恵まれぬ方々への施しもその思案の一つで」

七兵衛がそう明かすと、御救い組の二人の顔に思わず喜色が浮かんだ。

「では、その施しの金をわれらに託していただけると」

浅黒い顔の男が言う。

「これも縁でございますから、そうさせていただこうかと。隠し金は二階にございますから、どうぞお上がりくださいまし。茶菓を運ばせますので」

大黒屋の隠居はにこやかに言った。

「承知いたしました」

「では、上がらせていただきましょう」

御救い組の二人は、満面の笑みで答えた。

三

「お足元にお気をつけくださいまし」

階段を上りながら、七兵衛はにこやかに言った。

先に二階に着く。

小部屋の障子が開いていた。

「こちらでしばしお待ちくださいまし」

七兵衛は身ぶりをまじえて言った。

「いま茶菓をお持ちいたします。手前は隠し金を取り出してまいりますので。錠前がいくつも付いておりますので、少々時がかかるかもしれませんが」

大黒屋の隠居はしたたるような笑みを浮かべた。

「承知しました」

「今日はこちらが最後なので、どうかごゆるりと」

御救い組の二人は余裕の表情で言った。

「では、手前は隠し金を取ってまいります」

七兵衛はにこやかに告げて去って行った。

ややあって、大黒屋のおかみが茶菓を運んできた。跡取り息子の女房だから、隠居にとっては義理の娘になる。

「ご苦労さまでございます。しばしお待ちくださいまし」

おかみは茶菓を置くと、ていねいに一礼してから去っていった。

「こりゃあ、いい獲物が釣れたな」

足音が遠ざかってから、浅黒い顔の男が声をひそめて言った。

「隠し金って、いったい何両だろう」

唇のねじれた男がほくそ笑む。

「そりゃあ錠前がたくさん付いてるくらいだから」

「百両は下らねえな。ぐふふふ」

「ちょいと上前をはねてやるか」

「かしらに見つかったら事だぜ」

「たくさんあったら分かりゃしねえさ」

御救い組の二人が良からぬ相談をしていると、足音が近づいてきた。

「おっ、来たぜ」

浅黒い顔の男が座り直した。

「一人じゃねえぞ」

唇のねじれた男がいぶかしげな顔つきになった。

そして、やにわに障子が開いた。

「御救い組の悪党ども、神妙にしろ」

朱色の房飾りの付いた十手がかざされた。

仁王立ちになっているのは、海津力三郎与力だ。

「げっ」

「なんじゃこりゃ」

御救い組の二人はあわてふためいた。

「御用だ」

「御用」

町方の捕り方がなだれこんできた。

気をゆるめていた二人の悪党は、なすすべもなく後ろ手に縛りあげられた。

「これから奉行所で責め問いにかけてやる」

海津与力が言った。

御用組は町方より職掌が広く、格も上だ。奉行所を使うこともできる。

「包み隠さずすべて吐けば、罪一等が減ぜられて死罪は免れるだろう。そのあたりをよく心得よ。引っ立てえ」

海津与力の力強い声が響いた。

四

その翌日――。

わん屋の中食はお助け膳だった。

茸の炊き込みご飯に、お助け椀がつく。

今日の椀は、上州名物のおっきりこみだった。

とろみのある幅広の麺だ。煮ぼうとうにも似ているが、南瓜は入れない。ほうとうと同じく、味噌仕立てと醤油仕立てがあるが、今日は醤油仕立てにした。人参、大根、里芋、蒟蒻、油揚げ、葱、それに豆腐も入れた。素朴な味が心にしみるお助け椀だ。

は組の火消し衆もやってきた。

「すまねえな。炊き出しはもういいんだが、あちこちで片付けが残っててな」

かしらの惣兵衛が言った。

「早いとこはもう建て直してるから、あっという間に元通りになるぜ」

纏持ちの辰平が言う。

「火消しさんたちのお働きで」

おみねが膳を運びながら言った。

「何の。大(てえ)したことはしてねえや」

と、かしら。

「毎日ふるまいで、見世は平気なのかい」

纏持ちが問う。

「そうそう。ここがつぶれちまったら困るからよ」

「ほどほどにしてくんな」

火消し衆から声が飛んだ。

「まだ貯えはありますので」

わん屋のおかみは笑みを浮かべた。

「数日後には、またもうけの出る中食をやらせていただきますから」

真造も厨から言った。

「今日はとりあえず二幕目をまた始めます」

おみねが告げる。

「そうかい。今日はまだ無理だが、後片付けが一段落したら銭を落としに来るぜ」

「今度はゆっくり呑みてえな」

は組のかしらが言った。

「この膳もうめえけどよ」

「おっきりこみって、こんなにうめえもんだったんだな」

「おう、へろへろしてるんだが、嚙んだらこしがあってよう。味がしみてたまらねえぜ」

「とにかく、もうひと気張りして、次は打ち上げだ」

火消し衆が口々に言った。

「お待ちしております」

わん屋のおかみの明るい声が響いた。

五

二幕目――。

再開を知らせる貼り紙を見て、少しずつ客が入ってきた。

一枚板の席にまず陣取ったのは、道場の師範代の柿崎隼人と門人だった。道場の屋根が飛んで難儀をしたが、離れたところに住んでいる道場主がすぐ動き、早くも普請が進んでいるようだ。

「これでこちらはひと安心だな」

柿崎隼人はそう言うと、からりと揚がった鱚天を口に運んだ。

「一時はどうなることかと思いましたが」

門人は甘藷と椎茸の天麩羅だ。

ともに天つゆに大根おろしで食している。

「早く元通りになるといいですね」

真造が言った。

「高波にやられた鮫洲や芝のあたりは時がかかるかもしれぬが、これまでも江戸の民はあまたの災いに打ち勝って来たのだから」

剣術指南の武家はそう言うと、門人がついだ酒を呑み干した。

「このたびはあらしでしたけど、火事や地震や津波やはやり病、いろんな災いがありました」

おみねが言った。

「江戸に住んでいれば仕方あるまい。これればかりは」

柿崎隼人が言った。

ここでまた一人、客が入ってきた。

戯作者の蔵臼錦之助（くらうすきんのすけ）だ。

本業の戯作はこのところぱっとしないが、引札やかわら版の文案づくりから異貌を活かした見世物小屋の呼び込みまで、節操なくこなして生計（たつき）の道を立てている。

「まあ、先生。あらしは大丈夫でしたか」

おみねが問うた。

「肝をつぶしましたが、長屋まではつぶれなかったので」

蔵臼錦之助は答えた。

「さようですか。それは何より」

おみねは笑みを浮かべた。

「もうじき海津の旦那と大黒屋のご隠居がこちらに。昨日は捕り物があったんで」

戯作者は告げた。

「捕り物と言いますと?」

おみねが問う。

「いずれ愚生がかわら版に仕立てますが、まあわん屋で明かす分にはかまわないでしょう」

蔵臼錦之助が答えた。

海津与力と大黒屋の隠居はほどなくわん屋ののれんをくぐってきた。

たくさんつくったおっきりこみがまだ残っていたため、戯作者を含む三人は囲炉裏の前の座敷に陣取った。

昨日の捕り物の子細を、与力と隠居が語る。蔵臼錦之助はもうひとわたり聞いているらしく、矢立を取り出して筆を動かしたりすることはなかった。

話を聞き進めるにつれて、剣術指南の柿崎隼人の表情が険しくなっていった。

「世に悪辣な咎事は数々あれど、人の善意につけこんだ御救いだましや火事場泥棒は、最も憎むべきものだな」

柿崎隼人は吐き捨てるように言った。

「それは一網打尽にしてやらなければ」

門人の声にも力がこもる。

「なら、二段目、三段目の捕り物に加わってもらえるかい」

人を使うのがうまい海津与力が水を向けた。

「悪しき御救い組の化けの皮を剝ぎ、捕縛に導く捕り物ですか」

柿崎隼人は乗り気で言った。

「そのとおり。今日にも二段目が始まる。いま大河内と千之助が探りを入れているところだ」

海津与力は答えた。

「それなら、ひと肌脱ぎましょう」

「それがしも」

柿崎隼人と門人が言った。

「愚生はむろん加勢できませんが、あとでかわら版に載せるために同行しましょう」

蔵臼錦之助が笑みを浮かべた。

「大河内が捕り方の陣立ても整えている。そろそろここへ来る頃合いだ」

海津与力の言うとおりだった。

それからほどなくして、大河内同心と千之助が息せき切って入ってきた。

「おう、ご苦労」

海津与力がいなせに右手を挙げた。

「外に捕り方が。水をやってくんな」

大河内同心がおみねに言った。

「何人ほどで」

おみねが問う。

「六人だ。二段目はむやみに多くても仕方がねえ」

大河内同心は答えた。

「では、桶と柄杓を運びましょう」

真造が言った。

「力水ですな」

蔵臼錦之助が笑みを浮かべる。

ほどなく、すべての捕り方に力水が行きわたった。

六

大川端から薬研堀のほうへ向かう小道がある。

このところ、同じ僧衣をまとった者たちが繰り返しこの道を通っていた。

樹木がちょうどいい目くらましになる道だ。だれにも気づかれることはない。

僧形でこの道を通った者たちは、いささかいぶかしいことに、普通のなりで戻ってくることが多かった。とすれば、僧に身をやつしているだけで、本物の僧ではないのだろう。

偽の僧が出入りしていた見世には、瓢箪をかたどった看板が出ていた。

御釣り具師　瓢簞屋利助

そう記されている。

江戸に釣り具師はそれなりにいるが、まずまず評判のいい職人だ。見世の裏手には、釣り具や材料の木材などを入れておくのか、いやに大きな小屋があった。

その釣り具師の見世ののれんを、一人の押し出しのいい武家がくぐった。

「いらっしゃいまし」

番頭とおぼしい男が声をかけた。

「町方の者だ。あるじはいるか」

海津与力が問うた。

むろん、影御用の者と告げることはない。

「はい、奥におりますが」

「ちょいと呼んできてくれ。聞きたいことがあってな」

見世を見渡しながら、海津与力が言った。

「承知しました」

ややあって、あるじの利助が姿を現わした。

「手前があるじの利助でございます。いかなるご用件でございましょうか」

路考茶の羽織を小粋にまとった男がつくり笑いを浮かべて訊いた。

「ここの釣り竿は品がいいと聞いてな」

与力は竿を川に投じるしぐさをした。

「ありがたく存じます。お望みの釣り竿をいかようにもおつくりいたしますので」

利助はしたたるような笑みを浮かべた。

「裏手にでけえ小屋があるな。そこに入ってる品を検分させてもらうことにしよう」

有無を言わせぬ口調で、海津与力は言った。

「い、いや、売り物でしたら、見世の中にございますので」

利助はあわてて言った。

「小屋は見せられねえわけでもあるのかい」

与力の口調が変わった。

「そ、それは……」

利助は言いよどんだ。

「おれはおめえの兄貴から聞いてきてな。ずいぶんと知恵の回るやつだそうじゃねえか。偽の僧をいくたりも江戸の町に出して……」

そこまで言ったとき、利助の形相が変わった。

「出会えっ。斬っちまえ」

利助の声に応えて、奥から続けざまに人相の悪い男が飛び出してきた。

「食らえっ」

海津与力に向かって、いきなり剣を振り下ろしてくる。

「ぬんっ」

与力はすぐさま撥ね上げると、あたりに響きわたる声を発した。

「御用だ。引っ捕らえよ」

その声に応えて、町方の捕り方と柿崎隼人が入ってきた。門人と大河内同心、それに千之助もいる。

出城に詰めていた悪党の手下どもは次々にお縄になった。

「ていっ」

柿崎隼人の怒りの剣が一閃する。

峰打ちでも大変な衝撃だ。打たれた手下はたちまち白目を剝いて昏倒した。

「御用だ」

「御用」

捕り方が次々に縛りあげる。

「ひ、ひえっ」

利助は必死に逃げようとした。

だが……。

裏手にも捕り方がいた。

挟み撃ちになった利助は、進退谷（きわ）まってがっくりとひざをついた。

「引っ立てい」

海津与力の朗々たる声が響いた。

あとで小屋があらためられた。

火の粉が降りかからないところで見守っていた蔵臼錦之助もちゃっかり入る。

釣り具師の小屋には、「救」と染め抜かれた同じ僧衣がむやみに吊（つ）り下げられていた。

御救い組の僧はここから江戸じゅうに向かっていたのだ。

「二段目はこれで終わりだ」

海津与力が言った。

「残るは三段目だけですな」

大河内同心がうなずく。

「この勢いで今晩行くぞ。捕り方を増やしてくれ」

隠密与力が言った。

「承知で」

隠密同心がすぐさま答えた。

第七章　御救い組からお助け組へ

一

「二段目の実入りはそれなりだったな」

覚正和尚が言った。

「まあ、まだ三段目がありますから」

手下が言う。

「そっちのほうは、かなり狙えるかもしれねえ」

大願寺の住職がほくそ笑んだ。

「一本釣りの龍（りゅう）ですからな」

手下は和尚をその名で呼んだ。

覚正和尚とは仮の名で、その正体は一本釣りの龍と恐れられた盗賊だった。狙った獲物は一本釣りで仕留めることからその名がついた。弟の利助と同じく、もともとは釣りの名手だ。

「初めに狙われたところは災難で」

手下が言う。

「そりゃ、一本釣りの龍だからな」

背中に見事な龍の彫り物がある男が言った。

「かしらは狙った獲物を逃したことがねえから」

「三段目が楽しみで」

「百両は固いですな、がははは」

手下たちが勝手なことをさえずる。

「その前に、二段目から帰ってきてねえやつらを探してとっちめなきゃな」

覚正和尚が言った。

二人一組になって助け金を集めて廻っていた者たちのうち、松吉(まつきち)と留三郎(とめさぶろう)が昨日から帰ってこなかった。由々しいことだ。

「途中で出会ったときは、『まあまあだ』と言ってたんだがなあ、留の野郎」

手下の一人が言った。

「そのあと、でけえ魚が釣れたもんで、金をてめえらで山分けして逃げる算段をしたのかもしれねえ」

盗賊の素顔で、住職が言った。

「あいつらが終いに廻ったのはどこですかい」

手下の一人が問うた。

「通二丁目の塗物問屋、大黒屋だ。あそこは隠居が小金を貯めていてもおかしくねえ見世だからな」

覚正和尚は答えた。

「なら、明日にでも様子を見てきましょうか」

手下が水を向ける。

「おう、そうしてくれ。持ち逃げをしてやがったら、草の根を分けても探し出して膾（なます）にしてやる」

盗賊のかしらの声が高くなった。

だが……。

次の刹那、べつの声が響きわたった。

「それはどうかな」

やにわに障子が開いた。

「一本釣りの龍、神妙にせよ」

そう言いながら抜刀し、剣をかざす。

真改の業物だ。

大願寺に姿を現わしたのは、隠密与力の海津力三郎だった。

二

「げっ」

声があがった。

「かしらっ」

「捕り方だ」

御救い組の悪党どもは、にわかに狼狽しはじめた。

「御用だ」

「御用！」

町方の提灯が揺れる。

釣り具師の瓢簞屋利助を召し捕ったときに比べると、捕り方の数は格段に増えていた。

捕り方の網には抜かりがない。あとは絞って召し捕るばかりだ。

「えーい、やっちめえ」

覚正和尚こと一本釣りの龍が叫んだ。

しかし、不意を突かれて備えができていなかった。

わらわらと本堂になだれこんできた捕り方の精鋭たちを前にして、反撃の態勢を築く前に一人また一人と召し捕られていった。

それでも、奥から長脇差（ながどす）を取ってきて向かって来る者はいた。

「食らえっ」

手下の一人が、向こう見ずにも剣を振るってきた。

「ぬんっ」

海津与力がたちどころに峰打ちにする。

いくらか離れたところでは、助っ人として捕り方に加わった柿崎隼人が、門人とともに獅子奮迅の働きをしていた。

腰の入っていない手下の剣をいともたやすく打ち払い、返す刀で峰打ちにする。

胸のすくような剣筋だ。

「御用だ」

「御用！」

捕り方は勢いづいた。

かしらを置いて我先にと逃げ出す手下どもを次々に捕らえていく。

「おれは一本釣りの龍だぜ」

覚正和尚がもろ肌を脱いだ。

背中の彫り物を見せ、長脇差をふりかぶる。

「しゃらくせえっ」

盗賊のかしらは、海津与力に向かって突進してきた。

「ていっ」

隠密与力は正面から受けた。

火花が散る。

「裏手へ逃げたぞ」

大河内同心の声が響いた。

「待ちやがれ」

千之助がすかさず追う。

ほどなく、手下がまた一人お縄になった。

「どけっ」

一本釣りの龍は二度、三度と剣を振るってきた。

しかし、海津与力は見切っていた。

そのたびに正しく受けていなす。

盗賊の息が上がってきた。

そろそろ大詰めだ。

海津与力は間合いを詰めた。

「死ねっ」

盗賊が剣を振り下ろす。

「ぬんっ」

その頭を、与力の峰打ちの剣がしたたかにとらえた。

御救い組のかしらは白目を剝いた。

そして、そのまま前のめりに倒れた。

「御用だ」

「御用！」

捕り方が群がる。

一本釣りの龍は、悶絶（もんぜつ）したまま捕縛された。

三

翌日――。

わん屋のお助け膳が終わり、後片付けが終わった頃合いに、いくたりもの客が入ってきた。

御用組の三人と、大黒屋の隠居と手代、それに、剣術指南の柿崎隼人と門人の顔もあった。

「今日は打ち上げだ。肴はできるものでいい」

海津与力が晴れやかな笑みを浮かべて言った。

「承知しました」

真造が厨から言った。

「昨日の捕り物の打ち上げだ」

大河内同心が告げた。

「お疲れさまでございました」

おみねが笑顔で答えた。

「捕り物の子細は、いま江戸のほうぼうで売られているこのかわら版に書かれてまさ」

千之助が妙な手つきで刷り物を取り出し、わん屋のおかみに渡した。

手伝いのおちさも覗(のぞ)きこむ。

そこには、こう記されていた。

驚くべし、御救ひ組の正体

江戸の災ひのあと、「救」の旗印のもと、助け金集めに奔走せる褒め者の群れ、御救ひ組の化けの皮が剝がれたり。

何と、そは盗賊なりき。

根岸の大願寺の住職、覚正和尚とは世を忍ぶ仮の姿にて、その正体は一本釣りの龍といふ名うての盗賊なりき。

驚くべし、恐るるべし。

「どこかで聞いたような調子ねえ」

おみねがぽつりと言った。

「察しがいいな、おかみ」

大河内同心が渋く笑った。

「すると、やっぱり……」

おみねが笑みを返す。

「蔵臼先生は、売り子もやってましたよ。見世物小屋の呼び込みもやってるくらいだから、慣れたもんで」

千之助が告げた。

かわら版はこう続く。

僧の皮をかぶつた盗賊が統べる御救ひ組の僧たちもまた偽者なり。一本釣りの龍の弟は、薬研堀の釣り具師、瓢箪屋利助なり。利助の見世は盗賊が出城のごときものにて、その小屋には「救」と背に染め抜かれた僧衣がずらりと並んでをりし。助け金を求むる殊勝づらの僧は、利助の小屋にて着替へてをりし。

　さて、このたびの悪事はいかにして露見せしか。

　御救ひ組の僧どもは、さる料理屋のお助け膳なるものを賞味せり。このたびの災ひにて難儀をせし者、炊き出しや片付けなどに励む者に与へられるありがたき膳なり。


「これって、うちのことですね？」

　おみねの声が高くなった。

「わあ、すごい」

　おちさも瞳を輝かせる。

「名を出すと、一見(いちげん)の客がどっと来るかもしれねえから控えたって言ってました、蔵臼先生」

　千之助が告げた。

「それはありがたいご配慮で」

　おみねは笑みを浮かべると、かわら版の続きに目を落とした。

いささかいぶかしきことに、御救ひ組の僧は膳に魚がなきことを嘆き、具眼の士に怪しまれたり。

この一失が命取りとなれり。糸は抜かりなくたぐり寄せられ、通二丁目の塗物問屋、大黒屋にのこのこと姿を現せし手下どもを捕縛。出城の瓢箪屋利助とその一味も一網打尽となれり。

残るは本丸のみ。

今春の大江戸三つくらべにて勇姿を披露せし海津力三郎与力が率ゐる捕り方はいづれ劣らぬ精鋭ぞろひ。見ン事大願寺に討ち入り、首魁の盗賊、一本釣りの龍を筆頭に、一人残らず捕縛したり。

これまでさまざまな悪事を行ひ、このたびは人の善意につけこむ卑劣なる助け金だましを企てし盗賊なれど、つひに悪運尽き、おのれが釣られることになりし。呵々（かか）。

かわら版は調子よくそう締めくくっていた。

四

囲炉裏がある座敷に一同は陣取った。

「このたびは、働きでしたな、ご隠居」

大河内同心が七兵衛に酒をついだ。

「いや、心の臓が鳴っておりましたよ」

大黒屋の隠居が胸に手をやった。

「お店の者はみな固唾を呑んで見守っておりました」

手代の巳之吉が言う。

「ご隠居の隠し金をたんまりせしめられるとほくそ笑んでいたんでしょう、御救い組のやつらは」

大河内同心が言った。

「おれが姿を現わしたときの顔を見せてやりたかった」

海津与力は愉快そうに言って猪口の酒を呑み干した。

鍋がだんだんに煮えてきた。

鶏（とり）のつくね鍋だ。

牛蒡、人参、大根、長葱、里芋、それに鶏のつくねが入っている。味噌仕立てだが、だし昆布も入っている深い味だ。

野菜にひとわたり火が通ってからつくねを投じ入れるのが骨法（こっぽう）だ。初めから一緒に煮るとつくねが硬くなってしまう。

「そちらも働きで」

海津与力は、今度は柿崎隼人と門人に酒をついだ。

「道場の屋根を吹き飛ばされた鬱憤が晴れました」

剣術指南の武家が白い歯を見せた。

「そろそろ良さそうですな」

囲炉裏のほうを見て、隠居が言った。

「お取り分けします」

様子をうかがっていたおみねがすかさず動いた。

「具のお代わりもございますので」

厨から真造が大声で告げた。

大ぶりのつくねが一つずつ入るように、深めの円い碗に手際よく取り分けていく。

それが行き渡るや、箸が次々に動いた。

「うまい、のひと言だな」

海津与力がうなった。

「つくねに味がしみてるぞ」

大河内同心が和す。

「里芋がほくほくしててうめえや」

千之助が笑みを浮かべた。

「味噌のだしがまたうまい」

柿崎隼人も白い歯を見せる。

「あとでおじやもできますので」

おみねが笑顔で言った。

「それは楽しみだ」

門人がそう言って、また箸を動かした。

「大根も人参も、この鍋に入ると味が引き立つね」

七兵衛が満足げに言った。

「おいしゅうございます」

お付きの手代はいつもの恵比須顔だ。

「まあ、何にせよ、悪党を一網打尽にできたのは幸甚だった」

御用組のかしらがそう言ってまた猪口の酒を呑み干した。

「また災いが起きるたびにわいてきて悪さをされたんじゃたまりませんから」

大黒屋の隠居が少し眉間にしわを寄せたとき、新たな客が入ってきた。

「いらっしゃいまし、先生」

おみねが声をかけたのは、戯作者の蔵臼錦之助だった。

五

「かわら版売りはもう終いですかい、先生」

大河内同心が問うた。

「飛ぶように売れてくれましたので。はははは」

蔵臼錦之助は満面の笑みで答えた。

「うちのお助け膳のことも書いていただきまして」

あいさつに出た真造が頭を下げた。

「思案した末、名は出しませんでしたが」

と、戯作者。

「ご配慮ありがたく存じます」

真造は答えた。

「新たなお客さまがたくさん見えて、ご常連さんに中食の膳が行きわたらなかったら困りますから」

おみねも言った。

「鍋を取り分けましょうか、先生」

隠居が言った。

「今日は何の鍋です？」

蔵臼錦之助が問うた。

「鶏のつくね鍋で」

七兵衛は答えた。

「では、鶏のつくねだけよけてお願いします。愚生は生のものを口に入れませんので」

犬でも平気で食べそうな風貌だが、意外にも蔵臼錦之助は精進好みだ。

「承知しました」

隠居が心得て言った。

「御救い組の偽の僧より、ずっとお坊さんらしいですな」

大河内同心が言った。

「やつらは食わせ者ばっかりだったんで」

寺の忍び仕事をこなした千之助が吐き捨てるように言った。

「このたびはいちばんの働きだったな。酒をつぐ真似(まね)だけさせてくれ」

下戸の千之助に向かって、海津与力が銚釐(ちろり)をかざした。

「こりゃどうも」

千之助が湯呑みで受けるしぐさをする。

「で、かわら版を読んだ民の声はどうでした?」

大河内同心は蔵臼錦之助にたずねた。

「御救い組の鉢に銭を恵んだり、息のかかったかわら版を読んでありがたがったりしていた者が多かったので、驚きが怒りに変わり、声を荒らげる者もおりましたな」

かわら版をおのれの手でも売りさばいてきた男が答えた。

「江戸っ子の風上にもおけねえ野郎どもだからな」

海津与力が苦々しげに言った。

「咎事のなかでも、下の下のやつですから」

大河内同心も和す。

「みな口々にそう言っていました」

蔵臼錦之助が伝えた。

「どうぞ、先生」

七兵衛が取り分けた碗を渡した。

「これはこれは、このたびの主役から」

戯作者が手形を切って受け取る。

「主役は海津さまでしょう」

七兵衛が与力のほうを手で示した。

「いや、このたびの捕り物はみなが主役だった。わん屋もそうだ。ここのお助け膳も一役買ったわけだからな」

御用組のかしらはそう言うと、取り分けた鍋をわしっとほおばった。

六

鍋の具がだんだんになくなり、そろそろおじやにという段になって、また客が入ってきた。

住吉町の瀬戸物問屋、美濃屋のあるじの正作、それに、お付きの手代の信太だった。

「おや、美濃屋さん、あらしはいかがでしたか」

七兵衛が真っ先に問うた。

「蔵がちょっと水に浸かりましたが、大したことはなかったです」

正作はそう答えた。

「お店のみなさんもご無事で？」

おみねが気遣う。

「ええ、おかげさまで」

美濃屋のあるじは笑みを浮かべた。

「鍋はこれからおじやになります。いい玉子が入ったので」

おみねは溶き玉子の入った木の椀を少しかざした。

「さようですか。では、それだけ頂戴できれば」

正作はそう答え、手代とともに座敷に上がった。

「おお、こりゃうまそうだ」

溶き玉子を回し入れるおみねの手元を見て、大河内同心が言った。

ややあって、できたてのおじやが取り分けられた。

使われたのは美濃屋の茶碗だ。

「いちばんいいところを頂戴できました」

正作が笑顔で言った。

「おいしゅうございます、旦那さま」

お付きの手代も満足げだ。

「明日から、またやるぞという気にさせてくれるおじやだな」

柿崎隼人が言った。

「まさしく……ああ、うまい」

門人が心の底から言う。

「そうそう、千鳥屋さんの出見世が難に遭われたと聞きましたが」

美濃屋のあるじが七兵衛に言った。

「そうなんだよ。ただ、人は無事だったので、そのうち建て直すだろうという話で」

わん講の肝煎りをつとめる隠居が答えた。

「芝のほうはだいぶやられたようだからな」

海津与力の表情が少し曇った。

「まだ住むところのねえ人もいるみたいで」

千之助が告げる。

「本物の御救い組がいたら出番なんですが」

蔵臼錦之助が言った。

「ならば、わん市の代わりに御救い組をつとめるというのはいかがでしょうか」

正作が案を出した。

「ああ、そりゃあいいねえ」

大黒屋の隠居はただちに答えた。

「いま、わん市をやっても仕方がねえからな」

と、同心。

「それはいい案だ。ぜひやってくれ」

海津与力が乗り気で言った。

「なら、次のわん市は御救い組で」

正作が言う。

「その名にはけちがついてしまったので使えませんな」

蔵臼錦之助が言った。

酒と肴を運んできた真造とおみねも相談に加わることになった。

肴はだし巻き玉子だ。

円い皿に、円く切っただし巻き玉子を盛り付け、真ん中にたっぷりの大根おろしを添えて醬油をかける。わん屋ならではの出し方だ。

「幸吉さんとおまきちゃんを励ましがてら芝のほうへ向かって、そこでお助け椀をふるまうのはどうかしら」

おみねが段取りを示した。

「そりゃいいな、おかみ」

大河内同心がただちに乗ってきた。

「名はどうしましょう」

真造はさりげなく戯作者の顔を見た。

「御救い組をとっちめるきっかけになったお助け膳を出した見世がふるまう椀ですから……まあ、お助け組でよござんしょう」

いくぶんおどけた口調で、蔵臼錦之助は答えた。

「よし、話は決まった」

海津与力は両手を打ち合わせた。

「お、食ってくれ」

与力は大皿を手で示した。

「なら、遠慮なく」

七兵衛がさっそく箸を伸ばした。

「わん講のつなぎなら、おいらがやりますぜ」

千之助が役を買って出た。

「ああ、それはありがたいです」

美濃屋のあるじが言った。

「では、段取りが整いしだい、お助け組のお助け椀を出しましょう」

真造の声に力がこもった。

第八章　茸づくし膳とおでん鍋

一

段取りはばたばたと進んだ。

わん講はいつもなら十五日だが、いくらか前倒しして行われることになった。今日はその日だ。

ずっとお助け膳を続けていたが、今日から通常の中食に戻した。ほうぼうでだいぶ普請が進み、的屋に身を寄せていた者たちもだんだん少なくなってきた。そろそろ戻す頃合いだ。

けふより、また中食はじめます
　きのこづくし膳（たきこみごはん、てんぷら、汁）

三十食かぎり　三十文にて
　　　　　　　　わん屋

　見世の前に、そんな貼り紙が出た。

「おっ、また中食が始まるぜ」

「いいときに来たな」

「お助け膳は食えなかったから」

「難儀に遭ったたって嘘つくわけにゃいかねえからよ」

　通りかかった職人衆が口々に言った。

　のれんが出ると、客は次々に入ってきた。

　あらしの前の日に出したのを最後に、しばらく休んでいたから久々の銭を取る中食だ。

　茸の炊き込みご飯は、骨法どおり三種の茸を使う。今日は舞茸、平茸、椎茸だ。むろん、名脇役の油揚げも入る。

　舞茸は天麩羅にもした。きつめに塩胡椒をして、いくらか焦がし加減にすると、ことのほかうまい。

天麩羅のもう一つの顔は松茸だ。香り高い秋の主役は汁にも入れた。

「こりゃ豪勢だな」

「茸だけかと思ったら、鱚天まで付いてるぞ」

「さすがはわん屋だ」

客の評判は上々だった。

「あと三膳」

真造が厨で手を動かしながら言った。

「おあと、お三人さまです」

おちさが声を張りあげる。

「残り三膳となりました。お急ぎくださーい」

おみねが表に出て叫ぶ。

「おっ、間に合ったぜ」

「危ねえ、危ねえ」

そろいの半纏の左官衆が飛びこんできた。

かくして、再開した中食の膳はまたたくうちに売り切れた。

二

「このたびは災難だったねえ、千鳥屋さん」

隠居の七兵衛が気の毒そうに言った。

「いえいえ、身が助かっただけでありがたいことで」

千鳥屋の隠居の幸之助が軽く両手を合わせた。

「出見世の建て直しのほうはどうですかい」

椀づくりの親方の太平がたずねた。

そのかたわらには弟子の真次もいる。

「ええ。幸い、かさ上げが終わり、普請もだいぶ進んできたところです」

ぎやまん唐物処のあるじが答えた。

「それは良うございました」

美濃屋の正作が言った。

「人のほうも、早くまたのれんを出すんだとやる気になっておりますので」

千鳥屋のあるじが笑みを浮かべた。

「それは何よりで」

盆づくりの松蔵（まつぞう）が言った。

「そういう気さえあれば、立て直しも早いでしょう」

美濃屋のあるじがうなずく。

「そろそろかな」

盥づくりの一平（いっぺい）が囲炉裏の大鍋を手で示した。

今日はおでん鍋だ。

大根、蒟蒻、焼き豆腐、ゆで玉子、それに、竹輪と丸揚げが入っている。

沸いたらいったん練り物を取り出し、そのうま味がしみただしで大根などをことことと煮る。それから練り物を戻し、ゆで玉子と焼き豆腐を入れたところで囲炉裏の火にかけて味をなじませる。そろそろ頃合いだ。

「どうぞお取り分けください」

おみねが声をかけた。

「では、手前が」

「手前もやります」

お付き衆が次々に手を挙げた。

「今日は円坊の遊び相手には事欠かないね」

隠居の白い眉がやんわりと下がった。

大黒屋、美濃屋、千鳥屋と、お付きの手代は三人いる。さっそく先ほどから、茶運び人形で遊んでいたところだ。

真造が円い大鉢を運んできた。

「薬味でございます。お好みで取り碗に」

中身は刻んだ長葱、貝割菜、茗荷、生姜、それに柚子(ゆず)の皮だ。

「こりゃあ、いい香りだね」

大黒屋の隠居が手であおぐしぐさをした。

「さっそくいただきましょう」

千鳥屋の幸之助が言った。

「そうだね。食べながらでも相談はできるから」

七兵衛が笑みを浮かべた。

「手前の分も取っておいてくださいまし」

お付きの巳之吉が言った。

「お付きさんたちの分はべつの鍋でゆでてますので」

おみねが告げる。

「わあ、嬉しい」

美濃屋の信太が素直に喜んだ。

「では、あとでそちらで」

千鳥屋の善造（ぜんぞう）がうしろの畳を手で示した。

取り分けが終わり、箸が動きはじめた。

「うーん、うめえな」

太平が初めにうなった。

「うまいですね、親方」

真次が和す。

「相済みません、ゆで玉子はお一人さま一つかぎりでお願いいたします」

おみねが指を一本立てた。

「はは、そうだろうと思ったよ」

七兵衛が笑みを浮かべた。

「焼き豆腐に味がしみてうまいなあ」

一平がうなる。

「蒟蒻だって負けてませんや」

竹細工の丑之助が言う。

「練り物もうめえぞ」

同じ長屋の富松もご満悦だ。

「こういう鍋のお助け椀もいいかもしれないね」

七兵衛が言った。

「なるほど、麵も煮込んで、ほうとうかおっきりこみに持っていく手もあります」

美濃屋の正作が案を出した。

「ああ、それはいいね」

大黒屋の隠居はただちに乗ってきた。

囲炉裏のおでん鍋をつつきながら、さらに相談は続いた。

そのうち、千之助がつなぎにやってきた。

「光輪寺（こうりんじ）のご住職から、助け金を預かってきました」

笑みを浮かべて告げると、千之助はふところから袱紗（ふくさ）を取り出して渡した。

わん市の舞台となっている光輪寺の文祥（ぶんしょう）和尚は器道楽で、もともとは美濃屋の客だ。本尊の御開帳の日に合わせてわん市を開いているから、いつもにぎわいを見せている。

「そういう助け金なら、もろ手を挙げて歓迎です」

大黒屋の隠居が言った。

「本来は人も出したいところだけど、御救い組の一件があったあとだから、疑われたらいけないと」

千之助は伝えた。

「ああ、なるほど。坊さんの恰好(かっこう)だから」

太平が苦笑いを浮かべた。

「本物のお坊さんなのに疑われかねないとは」

真次が嘆く。

「愛宕(あたご)権現裏だと、芝で家をなくした人たちが行くには遠すぎるな」

松蔵が首をひねった。

「その件で、一つ案が」

千鳥屋の隠居が手を挙げた。

「どんな案だい、千鳥屋さん」

七兵衛が身を乗り出した。

「手前どもの金杉橋の本店の横から少し入ったところに、屋台を並べて出せる場所がございます。そこなら芝の衆もわりかた来やすいかと」

幸之助は答えた。

「ああ、それはいいね」

隠居が笑みを浮かべた。

「なら、おいらが芝で難儀をした衆に触れ回ってきまさ」

千之助がよく張った太腿(ふともも)をたたいた。

ここで真造がうどんを持ってきた。

「おでん鍋の締めのうどんでございます」

一平がつくった盥に入れたものを示す。

「おっ、今日はうどんですね」

美濃屋のあるじが笑みを浮かべた。

「いまからおつくりします」

真造はうどんを投じ入れると、長い菜箸を巧みに操った。

「千鳥屋さんの近くに屋台を出したらどうかという話になってね」

大黒屋の隠居が言った。

「さようですか。屋台でしたら、ここいらの世話役の善之助さんが何台もお持ちなので、お借りするという手もあります」

今度は真造が案を出した。

「だんだん絵図面ができてきたね」

七兵衛がまた温顔をほころばせた。

ほどなく、締めのうどんも頃合いになった。

「お付き衆にも分けてやっておくれ」

大黒屋の隠居が言った。

三人の手代の顔に喜色が浮かぶ。

「おでんのつゆがうどんにしみますな」

「こりゃ、うめえや」

「屋台で出したら評判になりますよ」

評判は上々だった。

「これはとろけるようです」

「おいしゅうございます」

「旦那さまのお付きで良かった」

お付き衆はみな笑顔だ。

その後も案は次々に出た。

千之助が芝のほうへ触れて廻るとき、刷り物を配ることにした。文案を頼むのはもちろん戯作者の蔵臼錦之助だ。

目印に、旗指物も出すことにした。

新たに染め物を頼むいとまはない。「わん市」と染め抜かれた旗指物は光輪寺にあるから、千之助が借りていくことになった。

「では、さっそく善之助さんのところへ行って、屋台の段取りを整えてまいります」

真造が言った。

「あとはわたしがやりますので」

と、おみね。

「おいらも一緒に」

千之助がさっと立ち上がった。

「頼みますよ」

七兵衛の声に力がこもった。

三

「ようございますよ。人助けですから」

真造から話を聞いた善之助は、二つ返事で答えた。

「わん市の舞台になっているお寺から助け金も頂戴したので、そこから手間賃をお支払いします」

真造はそう伝えた。

「だったら、人もお出ししましょう。風鈴蕎麦の屋台がありますので」

人情家主が笑みを浮かべた。

「それは助かります。では、蕎麦に加えて、甘藷粥と何かもう一つ屋台を出しましょう」

真造の頭にただちに絵図面が浮かんだ。

「いま仕込みをしているところだろうから、ご案内しましょう」

善之助は身ぶりをまじえて言った。

半ばつぶれた長屋の普請は、驚くほど進んでいた。まだ大工衆が気張っている。

「もうじき畳を入れられます」

家主が言った。

「おっ、わん屋さん」

「建て直しは進んでまさ」

「おれら、やることが早えんで」

店子の大工衆が言った。

あらしのあと、的屋に身を寄せていたころとは顔つきが違う。

「芝のほうへお助けの屋台を出すことになってね。これから梅さんに頼みに行くところなんだ」

善之助はそう告げた。

「屋台をお借りして、うちからも二台出します」

真造が言った。

「そうかい。そりゃいいや」

「本物の御救い組だな」

「気張ってくんな」

気のいい大工衆が口々に言った。

風鈴蕎麦の屋台を担いでいるのは、梅吉（うめきち）という男だった。長屋はあらしで半ばつぶれてしまったが、梅吉は難を免れたようだ。

ちりん、ちりんと屋台に付けた風鈴が鳴るから、風鈴蕎麦と呼ばれている。その屋台を担いでいるのは、真造よりいくらか上で、精悍（せいかん）な顔つきをした男だった。ちょうど仕込みの最中で、だしのいい香りが漂っている。

「ようがすよ」

家主と真造から話を聞いた梅吉は、快く引き受けてくれた。

「おのれでも、ふるまいをやろうかと思ったんでさ。長屋は半分飛ばされたけど、おいらは助かったんで、恩返しみたいなもんで。ただ……」

梅吉は苦笑いを浮かべてから続けた。

「そうすると、おのれが食えなくなっちまうもんで。情けねえ話で」

「そりゃ仕方ないさ」

家主がすぐさま言う。

「では、お助けの屋台では存分に」

真造が笑みを浮かべた。

「気張ってやりまさ」

風鈴蕎麦の屋台のあるじは拳を握った。

その後は、つゆの味見をした。

芳しくなかったらどうしようかと少し案じたが、杞憂に終わった。乾物屋に知り合いがいて、上等の鰹節と昆布を使っているらしく、なかなかにこくがあった。

「どうですかい」

梅吉がいくらか不安げに訊いた。

「いいですね。のれんを出している蕎麦屋でも、なかなかここまでの味は出せません」

真造はお世辞抜きに言った。

「風鈴蕎麦の番付があったら、上のほうに入ると思ってるんだよ、わたしは」

善之助が持ち上げる。

「蕎麦にはゆでた青菜と蒲鉾とおぼろ昆布が入るんで」

梅吉が得意げに言った。

「蕎麦もなかなかのものだよ。ときおり無性に食べたくなる」

人情家主の目尻にしわが寄った。

「では、段取りが整い次第、知らせにまいりますので」

真造は言った。

「承知で」

梅吉はすぐさま答えた。

四

わん屋に戻った真造は、思わず目を瞠った。

善之助の長屋へ行っているあいだに、珍しい客が来ていた。お忍びの大和高旗藩主、井筒美濃守高俊だ。

「話はおかみから聞いた」

座敷でわん講の面々にまじっている井筒高俊が言った。

大和高旗藩は上方の小藩だが、江戸の上屋敷で生まれ育っているから、そちらの訛（なま）りはない。

「さようですか。外していて相済みませんでした」

真造は頭を下げた。

「おかみに干物を焼いてもらったのでな。あとは酒さえあれば」

井筒高俊は猪口をかざした。

そのかたわらには、今日のお付き役か、藩士の御子柴大膳が控えていた。春の三つくらべでは、馬の乗り役をつとめた男だ。

「あんなものしか出せませんで、相済まないことで」

おみねが恐縮して言った。

「なに、良い焼き加減であった」

快男児が白い歯を見せた。

「そうそう。お旗本の井筒さまからも助け金を頂戴いたしました」

大黒屋の隠居が袱紗をうやうやしくかざした。

わん講の面々にすべて正体が知れているわけではない。どうやら大身の旗本ということにしたようだ。

「うわさが耳に入ってな。おれも何かせねばと思っていたところだった」

井筒高俊はそう言うと、御子柴大膳がついだ酒をくいと呑み干した。

「さようでしたか。ありがたいことで。これで値の張る玉子をたんと仕入れることができます」

真造は言った。

「煮玉子はうまいからな」

井筒高俊が笑みを浮かべた。

「で、屋台のほうの段取りはいかがでしたか」

千鳥屋の幸之助が問うた。

「三台出せることになりました。そのうちの一台は、店子の梅吉さんの風鈴蕎麦で」

真造は答えた。

「おぼろ昆布が入ってるやつかい？」

竹細工の丑之助がたずねた。

「さようです。つゆだけ舌だめしをしてきましたが、上々の味でした」

真造は答えた。

「おいらもなんべんか食ったよ。あの蕎麦なら大丈夫だ」

盆づくりの松蔵が太鼓判を捺（お）した。

「ならば、あと二つの屋台はいかがする」

お忍びの大和高旗藩主が問うた。

「麵の屋台と重ならないように、一つは甘藷粥にしようかと思います。いま一つは……」

「これはどうだい」

七兵衛が火を落とした囲炉裏を指さした。

おでんの大鍋の具は締めのうどんを含めてきれいになくなり、底のほうに汁だけが残っていた。

「なるほど、おでんにおっきりこみを加えたお助け椀がいいかもしれませんね。煮玉子を必ず入れて」

真造の頭に、お助け椀の絵図面がたちどころに浮かんだ。

「それは精がつきそうだ」

井筒高俊が笑みを浮かべた。

「春は泳ぎ、馬、走りの三つくらべだったけれど、次はお助けの屋台だね」

七兵衛が言った。

「蕎麦、甘藷粥、おっきりこみおでんの三つくらべですね」

美濃屋の正作が言った。

「みな食ってもいいんですかい？」

富松がたずねた。

「それはその場次第だね。それぞれの列に並んでもらって、ひとまずは一つだけに」

隠居が言った。

「なら、いつからやりますかい？」

千之助が問うた。

「さすがに明日すぐというわけにはいかないけれど、困っている方々のためのお助け椀だから、あさってには」

わん屋のあるじは引き締まった表情で言った。

「では、路地で火を熾す支度をしておきましょう」

千鳥屋の幸之助が言った。

「雨が降らなきゃいいけど」

真次が言う。

「世のため人のためのお助けだ。天は見ているぞ」

井筒高俊が指を一本立てた。

真造は力強くうなずいた。

第九章　お助け三つくらべ

一

翌々日――。

わん屋の前に早々とこんな貼り紙が出た。

本日、お助け屋台を芝のはうへ出すため
お休みさせていただきます
わん屋

思いが天に通じたか、気持ちのいい秋晴れになった。雨はこの先も大丈夫だろう。

厨では仕込みに余念がなかった。

わん屋が担うのは甘藷粥とおっきりこみおでんだ。ともにいちばん大きな鍋でたっぷりつくる。

大きな柄杓と木篦（きべら）を用い、底のほうを返しながらだから力仕事だ。

運び役の助っ人は決めていなかったが、話を聞いた、は組の火消し衆が力を貸してくれることになった。これで百人力だ。

真っ先に姿を現わしたのは、つなぎ役の千之助だった。

「へい、持ってきましたよ、旗指物」

千之助がかざして見せた。

「ご苦労さま。わん市の旗に布を縫いつけたのね」

おみねが笑みを浮かべた。

「和尚さまが進んで筆を執ってくだすったんで」

千之助はそう言って、旗を座敷に置いた。

お助け椀ふるまひ処

品のいい字でそう記されている。

「裏もありまさ」

千之助は旗を裏返した。

お助け三つくらべ

裏にはそう書かれた布が縫いつけられていた。

「いいわね」

おみねがうなずく。

真造も手を拭きながら出てきた。

「あっ、さっそく『お助け三つくらべ』の字が」

真造は瞬きをした。

「おとついの話を伝えたら、『それも書きましょう』っていうことになって」

千之助はそう言うと、軽く手刀を切っておみねから渡された湯呑みを受け取った。

「これは火消し衆に持って行ってもらうか」

真造が言った。

「おいらは刷り物を持っていかなきゃならねえんで」

千之助が言った。

「その刷り物は？」

おみねが問うた。

「蔵臼先生がここへ持ってくる段取りで。いま大車輪で刷ってるところでしょうよ」

千之助は答えた。

段取りは分かった。真造はまた厨に戻り、まず甘藷粥の仕上げにかかった。

肝心なのは塩と醬油の足し具合だ。住むところをなくして難儀している人たちは疲れているだろうから、どちらもいつもよりきつめにした。

「あ、いらっしゃいまし」

おみねが声を発した。

「わたしとせがれも助っ人に加えさせてくださいよ」

そう言ったのは、的屋のあるじの大造だった。

跡取り息子の大助もいる。

「場所が千鳥屋さんの横ですからね」

と、おみね。

「いま建て直してる宇田川橋の出見世の前を通るので、娘を励ましがてら助け金を渡そうかと思いまして」

大造が笑みを浮かべた。

「それは喜びますね、おまきちゃん」

おみねも笑顔になる。

「ただ、ちょっと早かったですね。出直してきますよ」

大造が言った。

「あ、その前に大鍋運びを手伝っていただけないでしょうか。厨から座敷に運んで、次の鍋にかかりたいんです」

真造が言った。

「お安い御用で。……よし、おまえも手を貸せ」

的屋のあるじは跡取り息子に言った。

「はい」

大助は短く答えた。

座敷に大きな鍋敷きを据え、やけどをしないように濡れた手拭いを使って、千之助もまじえて四人がかりで座敷に移した。蓋をして、大鍋に棒を通す。硬い樫(かし)の運び棒だから、途中で折れる気づかいはない。

「お疲れさまで」

おみねが労をねぎらった。

「なら、出直してきます」

的屋のあるじは小気味よく右手を挙げた。

二

旅籠の親子が戻ってほどなく、人情家主の善之助が店子の大工の棟梁(とうりょう)とともに入ってきた。

「おっ、いい匂いですな」

善之助が言った。

「ええ、まず甘藷粥ができました」

「これの運びは？」

大工の棟梁が訊く。

「火消しさんたちが運んでくださることに」

おみねが答えた。

「なら、梅さんがつくってる蕎麦の運び役を一人。今日は蕎麦もつゆもいつもの倍なので」

善之助が言った。

「承知で。まだ普請が残ってるから、腕は甘え（あめ）が力はあるやつを一人出そう」

棟梁はそう言うと、すぐさま普請場へ戻っていった。

「なら、頼みますよ、わん屋さん」

人情家主もそう言って去っていった。

次に入ってきたのは待望の人物だった。

蔵臼錦之助だ。

「お待ちしてました、先生」

千之助が迎える。

「ご苦労さまでございます」

おみねが頭を下げた。

「いやあ、意外に難物でしたな」

刷り物の文案づくりを手がけた戯作者が言った。

「さっそく拝見」

千之助が手を伸ばした。

そこには、こう記されていた。

あらしにてなんぎせるみなさまにかぎり
お助けのふるまひをいたします
ところは芝かなすぎばし
ぎやまん唐物処千鳥屋の脇
時はつぎの午の日の午（ひる）より
ふるまはれるのは江戸のお助け三つくらべ
そば、かんしよがゆ、おつきりこみおでん
いくら食ふても一文もいらず
ただし、なんぎせる者にかぎります

「芝のあたりであらしに遭った人たちは、増上寺の境内の御救い小屋などにおります。いくらか歩きますから、言葉は悪いが食い放題で釣らないと来てもらえないのではなかろうかと愚生は思いましてな」

蔵臼錦之助は言った。

「ああ、なるほど、そりゃそうかも」

千之助がうなずく。

大きな災いがあったあとは、江戸のほうぼうに幕府の御救い小屋ができる。炊き出しだけのところもあるが、急いで普請した長屋もあった。家をなくした者はとりあえず雨露をしのいで、粥などの施しも受けられる。ただし、大人数が押しこめられるから難儀だというもっぱらのうわさだった。

「で、このお助けは一日かぎりでよござんしたね？」

千之助が厨の真造にたずねた。

「大がかりなのは一日がかりで。毎日、金杉橋まで大鍋をいくつも運ぶわけにはいかないので」

わん屋のあるじの声が返ってきた。

「今日は売り切れるまでやります」

おみねが気の入った声で言った。

「なら、芝のほうへ行って撒いてきまさ」

千之助が刷り物をつかんで言った。

「頼みますぞ。愚生が無い知恵を絞ってつくった刷り物なので」

蔵臼錦之助が言った。

「承知で」

そう答えるなり、千之助は早くも動きだした。

「気をつけて」

その背におみねが声を送った。

三

おっきりこみおでんの大鍋をつくっているうち、役者はだんだんにそろってきた。

いくたりかは千鳥屋へ直接向かうが、そのほかの面々はわん屋に集まる段取りだった。

「やけどをしないようにね」

座敷の隅で行われている作業を見て、大黒屋の隠居が言った。

「はい、盥の水につけながらやってます」

おちさが答えた。

「慣れると楽しいので」

手を動かしながら、おみねが言う。

二人がやっているのは、ゆで玉子の皮むきだった。お忍びの藩主がくれた助け金をはたいて、高価な玉子をふんだんに仕入れ、べつの大鍋でゆでた。皮をむき終われば、おっきりこみおでんの鍋に入る。

「円ちゃんも」

円造がやってきて、やにわに手を伸ばした。

「これは大事だから」

おみねが言う。

「円ちゃんも、やる」

わらべは譲らない。

「じゃあ、一個だけよ。盥の角にこんこんって打ちつけて、割れたところからゆっくりむいていくの」

おみねが教えた。

「こうやるの」

おちさが手本を示した。

「うん」

ひとわたり見ていた円造は母から一つゆで玉子をもらうと、恐る恐る盥の角に打ちつけた。

「それじゃ割れないわよ。もっと力を入れて」

おみねが言った。

円造は意を決したように手を動かした。

ぐしゃっ、と音が響いた。

殻は割れたが、中身も台無しになってしまった。

「うえーん」

たちまちわらべが泣きだす。

「ちょいとむずかしかったな。ほれ、おいちゃんが遊んでやろう」

富松が笑ってだっこした。

「機嫌直しな。しくじりはだれにだってあらあな」

長屋仲間の丑之助が言った。

そんな調子で段取りが進み、ゆで玉子が入ったおっきりこみおでん鍋の具がいい塩梅に煮えてきた。

的屋の親子がまた顔を見せた。盆づくりの松蔵も来た。

美濃屋と椀づくりの師弟、盥づくりの一平はまっすぐ千鳥屋へ向かう。

人情家主の善之助も再び顔を見せた。

「こちらの蕎麦はおおむねできたようです」

おみねに告げる。

「さようですか。こちらもあと少しです」

わん屋のおかみが答えた。

「運び手がまだですな」

七兵衛がいくらか焦った顔つきで言った。

だが、案ずるには及ばなかった。

ほどなく、そろいの半被姿の火消し衆がどやどやと入ってきた。

「おう、できてるかい」

かしらの惣兵衛が気っぷのいい声で問うた。

「はい、できております」

わん屋のおかみがいい声で答えた。

四

「お助け、お助け、お助け椀のふるまいでい」

「ところは芝金杉橋。ぎやまん唐物処千鳥屋の横手」

「午からやるよ、お助け椀」

屋台と大鍋を運びながら、は組の火消し衆が調子よく言った。

その後ろからは、梅吉の風鈴蕎麦の屋台が続く。長屋の大工が二人、替えのつゆと蕎麦が入った倹飩箱（けんどんばこ）を運んでいく。

椀と竹箸も運ばねばならないから、物々しい行列になった。みなが手分けして慎重に進んでいく。

「お助け三つくらべ」の旗指物は、わん屋のあるじとおかみが交替でかざしていくことになった。三つくらべの中身が何か、それならすぐ答えることができる。

「おっ、ふるまいかい」

すれ違った男が問うた。

「さようです。ただし、先日のあらしで住むところをなくすなどの難儀をした方にかぎらせていただきます」

おみねがよどみなく答えた。

「それなら、おいらは食えないな。気張ってくんな」

励ましの声がかかった。

「ありがたく存じます」

おみねは頭を下げた。

しばらく進むと、今度は二人組の武家から声がかかった。

「お助け三つくらべとは何だ」

「春には泳いだり馬に乗ったり走ったりの三つくらべがあったが」

いぶかしげに問う。

「甘藷粥とおっきりこみおでん鍋と風鈴蕎麦、お助けの屋台の三つくらべでございます」

今度は真造が答えた。

「どこでやる」

「わざわざ大鍋を運ぶのか」

　武家の二人組はなおも問うた。

「芝の金杉橋まで運びます」

「ぎやまん唐物処千鳥屋の横手で」

　わん屋の夫婦が答えた。

「それは大儀だな」

「気張ってくれ」

　また励ましの声がかかった。

　おおむね励ましだが、なかには冷ややかなまなざしを向ける者もいた。

「お助け椀だって？」

「また御救いだましじゃねえのかよ」

　遊び人風の男たちが言う。

「正真正銘のお助けだよ」

　隠居の七兵衛がむっとした顔で言った。

「は組が運んでるんだ。だましのはずがねえじゃねえか」

「すっこんでろ」

気の短い火消し衆の語気が荒くなった。

「なんだと？」

「だれに向かって言ってんだ」

本性を表して凄む。

「まあまあ、ここは一つ。かわら版だねになったりすると、町方が動いたりしますからな。えへえへ」

同行していた蔵臼錦之助がつくり笑いを浮かべて場を収めにかかった。ただし、さりげなく町方の名前を出して脅しもかけている。

「助けが要り用な江戸の衆が待っている。ここは収めてくんな。……おめえらも口が過ぎるぞ」

は組のかしらの惣兵衛も前へ出た。

「へい、かしら」

「すまねえこって」

「口が過ぎました。堪忍しておくんなせえ」

火消しの一人が頭を下げた。

「そうかい。まあ、勘弁してやらあ」

「おれらは太っ腹だからよ」

遊び人風の男たちはそのまま立ち去っていった。

おみねも真造も、ほっとひと息ついた。

五

同じころ――。

千之助は増上寺の御救い小屋にいた。

「お助け椀のふるまいをやるよ。来てくんな」

そう言いながら刷り物を配る。

「金杉橋か」

「いくらでも食えるのなら、行ってみるか」

「ずっとここにいると身もなまるからよ」

身を寄せている者たちが言った。

「おっきりこみってのは何だい」

一人から問いが発せられた。

「幅広の麺で。煮込むとちょうどいいんでさ」

千之助は答えた。

「どこかの見世がやってるんでしょうか」

女がたずねた。

「通油町のわん屋っていう見世でつくった甘藷粥と、おっきりこみおでんの大鍋を運んであたため直すんで」

「あと一つの蕎麦は？」

今度は若い男が問うた。

「わん屋の近くの長屋から出てる風鈴蕎麦で。これがまたいい鰹節と昆布を使っててうめえんだ」

千之助は答えた。

それを聞いて、あらしで身内でも亡くしたのか、悲しみの色が濃い男は小さくうなずいた。

「ところはすぐ分かるかい？」

べつの男がたずねた。

「分かりまさ。旗指物も出てるんで」

千之助が身ぶりをまじえた。

増上寺の御救い小屋を出ると、千之助は韋駄天を飛ばして泉岳寺へ向かった。

春の三つくらべではつなぎどころになった寺にも御救い小屋があった。

「ここからはちょいと遠いが、もし力があったら来てくんな」

刷り物を配りながら、千之助が言った。

「高波に流されたときに足をくじいちまってよ。そんなところまで歩けねえや」

「ここまで出張ってはくれないのかよ」

御救い小屋の者からはそんな声が出た。

「すまねえ。通油町から鍋を運んでるんで、金杉橋で精一杯で」

千之助はすまなそうに答えた。

「気持ちだけもらっとくよ」

「こっちでも炊き出しはやってもらってるからね」

「また漁に出られるようになったらどうにかなるから」

芝の漁師の女房衆が言った。

そのうち、刷り物がなくなった。

「なら、気張ってくださいまし」

そうひと声かけると、千之助は御救い小屋を出た。

六

お助け三つくらべの一隊は、宇田川橋に至った。

ここにはあらしで難に遭った千鳥屋の出見世がある。近づくにつれて、的屋の親子は足を速めた。

「あっ、入口が高くなってる」

跡取り息子の大助が行く手を指さした。

「かさ上げをして、段をつくったんだね」

的屋のあるじが言った。

「これなら、次に出水があっても大丈夫でしょう」

一緒に歩きながら真造が言った。

千鳥屋の出見世では、普請が続いていた。

「あっ、おとっつぁんと大助」

おまきが気づいて声をあげた。

「ここでいったん休みにしようかね」

七兵衛が声をかけた。

「へい」

「ゆっくり下ろすぜ」

運び役の火消したちが答えた。

荷車が通らない端のほうに寄り、慎重に大鍋を下ろす。

梅吉の風鈴蕎麦の屋台と手伝いの大工たちも止まり、肩を回すなどして休む態勢になった。

「だいぶ進んできたな」

普請の様子を見て、的屋の大造が言った。

「はい、明日にはもう畳が入ります。お助けのふるまい、ご苦労さまで」

あるじの幸吉が白い歯を見せた。

今日のお助けのふるまいのことは、千鳥屋の幸之助から聞いているようだ。

「このたびは本当に大変なことで」

おみねが気づかった。

「いえいえ、身が助かったのがいちばんで」

幸吉が答えた。

「やられたと聞いて、ずいぶん案じたよ。これは少ないが、新たな品の仕入れの足しにしておくれ」

的屋のあるじが袱紗に包んだものを渡した。

「さようですか。相済みません。大切に使わせていただきます」

千鳥屋の出見世のあるじは深々と腰を折った。

「おとっつぁん、ありがとう」

おまきも礼を言う。

「案じたけれど、この調子なら大丈夫だな」

的屋のあるじが言った。

「あそこに書いてある『お助かり品』っていうのは？」

大助が新たな棚を指さした。

真新しい木の板にそう彫られている。

「あらしでたくさんの品が駄目になっちゃったけど、なかには使えるものもあったから、よく洗って値引きして売ろうかと思い立ったの」

おまきが弟に言った。

「値引きでふところが『お助かり』、それに、あらしで助かった品だから運がつくということであきないをさせていただこうかと」

幸吉が笑顔で言った。

「それは才覚だねえ」

的屋のあるじが感心したように言った。

「これなら安心ね。おまきちゃんも幸吉さんも気張ってね」

おみねが励ました。

「はいっ」

「気張ってやります」

千鳥屋の若夫婦がいい声で答えた。

七

「ご苦労さまでございます」

先に着いていた美濃屋の正作が言った。

「あとはもう火を熾すばかりで」

椀づくりの親方の太平が言った。

「さっそくやりましょう」

真次が腕をまくる。

「ここまでご苦労さんで」

盥づくりの一平が、桶に汲んだ水を柄杓ですくって運び手に渡した。

「まだ人は来てませんが、支度を進めてくださいまし」

千鳥屋の幸之助が本店の横の脇道を手で示した。

「これは通り抜けたほうが良さそうだね」

七兵衛が言った。

「さようですね。三つの屋台が並ぶと狭くなりますから」

幸之助が答える。

「通り抜けても、一つ向こうの道から街道筋へ戻れますね」

このあたりの道筋は分かっている真造が言った。

「ええ。ただ、だれか案内役に立ったほうがいいかもしれません」

千鳥屋のあるじが言った。

「おう。運び役が終わったら、次は案内役だ」

は組のかしらの惣兵衛が言った。

「へいっ」

「お安い御用で」

火消し衆が答える。

旗指物を持った者が入口に立ち、屋台のほうへ誘導する。人の流れがぶつかって混み合わないように、食べ終わったらいったん通り抜けてべつの道から街道筋に戻る。その出口のところにも案内役を立たせておけば万全だ。

「屋台の並びはどうすればいいかねえ」

大黒屋の隠居が腕組みをした。

「蕎麦がいちばん食いでがあるので、終いがいいでしょう」

真造が言った。

「うちの二つの屋台は？」

おみねが問うた。

「甘藷粥が先だな。おっきりこみも蕎麦も同じ麺だから、お粥を食べてからどちらかを選ぶことができる」

真造が答えた。

「どっちかにしてもらうのかい」

七兵衛が問うた。

「刷り物にはいくら食べてもいいと書いてありましたね」

幸之助が言った。

「ああ、そうか」

と、隠居。

「そのあたりは成り行きでいいでしょう」

美濃屋の正作が言った。

「まあとにかく、支度を進めましょう」

真造が両手を打ち合わせた。

「よし、火の按配は上々だな」

次兄の真次が言う。

「なら、鍋を載せますかい」

惣兵衛が問うた。

「そうしてください」

真造が答えた。

「おい、おめえら、最後の力仕事だ」

は組のかしらの声に力がこもった。

「へい、承知で」

「終いにしくじらねえように」

火消したちがただちに動く。

「いいか」

「おう」

「一(ひ)の二(ふ)の」

「三(み)っ！」

掛け声とともに大鍋が持ち上がった。

甘藷粥とおっきりこみおでんの大鍋は、滞りなく火にかけられた。

八

初めのうちは人が来るのかどうかと案じられたが、甘藷粥から湯気が立ち上る頃合いには、一人また一人と「お助け三つくらべ」の屋台が並ぶ脇道に人が入ってきた。

「増上寺の御救い小屋から来たんだ」

「刷り物をもらってな」

兄弟とおぼしい二人が言った。

「このたびは災難でした。お好きなものをお召し上がりくださいまし」

おみねが言った。

「なら、お粥をいただくよ」

「ここまで歩いて腹が減った」

「はい、どうぞ」

さっそく椀が渡された。

厚手の木の椀だから、あたたかい甘藷粥を入れても大丈夫だ。

「箸はここに」

富松が円い竹筒に入ったものを手で示した。むろん、おのれの手でつくった品だ。お粥は匙を使うことも多いが、今日は箸にした。大ぶりの甘藷はつまみながら食すことができる。

「はい、お次の方どうぞ」

椀を渡す役は妹のおちさだ。

「どんどん食ってくんな」

竹細工職人の丑之助も言う。

「ああ、うめえ」

「ここまで来た甲斐があった」

疲れた顔をしていた者も、甘藷粥を食すなり笑顔になった。

「おっきりこみおでん鍋、煮えております」

おみねが明るい声で言った。

「お一人様一つかぎり、もれなく煮玉子が入ります」

真造も和す。

「椀は大黒屋の厚手のもの。大ぶりの椀にたっぷり入ってますよ」

隠居がさりげなくおのれの見世の名を入れた。

「おっきりこみは上州名物の醬油味。里芋、大根、人参、蒟蒻、焼き豆腐、竹輪に丸揚げ、具だくさんのおでんとともにどうぞ」

おみねが唄うように言った。

「煮玉子まで入るのかい」

「そりゃ豪勢だ」

次々に手が伸びた。

「ああ、こりゃうめえ」

「どの具もうめえな」

「おっきりこみも胃の腑にしみるぜ」

評判は上々だった。

「おぼろ昆布入りの蕎麦でございます。今日は月見で」

最後の風鈴蕎麦の梅吉が言った。

大和高旗藩主からの助け金で、江戸のほうぼうから玉子を仕入れることができた。あらしで難儀をして疲れた身には、精のつく玉子がいちばんだ。そこで、蕎麦はいつもと趣を変え、月見にすることになった。

「こっちにも玉子が入るのかよ」

「ありがてえ」

なかには拝む者までいた。

「おつゆが深いわね」

「お蕎麦もおいしい」

「玉子まで入ってるから」

御救い小屋から来た女房衆が口々に言った。

「三つくらべはどれも好評だねえ」

七兵衛が満足げに言った。

「やって良かったですよ」

千鳥屋の幸之助が笑みを浮かべた。

「入ってくるときは顔つきが暗かった人も、笑顔で帰ってくれたりしますものね」

美濃屋の正作が言う。

「おや、あの若者は二度目だね」

七兵衛が指さした。

「目がいいですね、ご隠居さん」

幸之助が言う。

「近いほうは、こうやって遠ざけないと見えないんだがね」

大黒屋の隠居は身ぶりをまじえた。

「何か思いつめたような顔つきですが、今度はわん屋さんのおっきりこみおでん鍋の列に並びましたよ。初めはいきなり蕎麦に向かったので『おや』と思ったんですが」

千鳥屋のあるじが小首をかしげた。

「蕎麦をいちばん食べたかったんでしょうか」

美濃屋のあるじが和す。

やがて、順が来た。

若者の手に、おっきりこみおでんのお助け椀が渡った。

九

煮玉子を半ば嚙み、胃の腑に落としたとき、末松（すえまつ）の目尻からほおにかけて、つ、と水ならざるものが伝った。

思わず感極まってしまったのだ。

このたびのあらしで、末松は父と兄を亡くした。住んでいた芝の長屋が高波で押し流され、末松だけ助かった。父と兄のむくろは、おとつい浜に打ち上げられた。

母と姉は、三年前のはやり風邪ですでにこの世にいない。末松は天涯孤独になってしまった。

父は風鈴蕎麦の屋台を担いでいた。兄は初めのうち屋台を手伝っていたが、もっと稼ぎになるようにと左官の修業を始めていた。

ちょうどあらしの前の日は母の命日で、兄も住み込みの修業先から戻っていた。そのせいで難に遭ってしまったのだ。

父の蕎麦は、芝の界隈ではいたって評判が良かった。朝が早い漁師衆のなかには、父の蕎麦を食べてから寝るという者も多かった。

ほんの三年前までは、みなでそろって父の蕎麦を食べることもあった。おいしい蕎麦を食べながら、いろんな話をした。

それが夢のようだった。

ふと気がついたら、末松はおのれだけこの江戸に取り残されていた。暗い御救い小屋の隅っこでひざを抱えていた。

そんなとき、お助け三つくらべの触れが回ってきた。お助けには蕎麦も含まれているらしい。

父の蕎麦の味がふとよみがえってきた。末松は金杉橋まで行くことにした。

真っ先に蕎麦を食した。

つゆも蕎麦も心にしみた。父の蕎麦にも引けを取らないうまさだった。おまけに玉子まで入っていた。久々に食したそのお助けの味が五臓六腑にしみわたるかのようだった。

「はい、お帰りはこちら。あそこを曲がったら街道へ戻れまさ」

案内役の火消しが告げた。

末松は無言でうなずき、一人で引き返した。

味は思い出をつれてくる。

歩いているうちに、いまはここにいない家族との思い出が次々によみがえってきてたまらなくなった。父の蕎麦を食したあとの兄や母や姉の笑顔がありありと浮かび、目に映るものがだんだんぼやけてきた。

このまま帰ろうかと思ったが、残る二つのお助け屋台も気になった。漂ってくる匂いだけでもうまそうだった。

それも舌だめしをして帰ることにした。

まず甘藷粥を食した。むかし、おっかさんがつくってくれたことがある。末松が風邪を引いたとき、これで治るからと心をこめてつくってくれた。その味がよみがえってきて、またひとしきり新たな涙が流れた。

そしていま、おっきりこみおでん鍋の煮玉子を半分食した。味のしみた玉子のうまさが、かえってたまらなかった。

すまねえ。

おいらだけ生き残って、こんなうめえものを食って、すまねえ……。

末松は心の底からそう思った。

残りの煮玉子を胃の腑に入れる。

人参と焼き豆腐も食す。

むかし家族で食べた夕餉の、ほんのささいな出来事が、そこで交わされた言葉が、たったいま響いたかのようによみがえってきた。

末松の箸が止まった。

十

「どうされました？」

おみねがやさしくたずねた。

末松は我に返り、いくたびも続けざまに瞬きをした。

「い、いや……おいらだけ、こんなうまいものを食って、死んだおとっつぁんと兄ちゃんにすまねえと思って」

そこで言葉がとぎれた。

手にした箸が小刻みにふるえる。

真造とおみねは目と目を見合わせた。すぐには言葉が出てこない。

「それは難儀だったね」

様子を見ていた七兵衛が助け舟を出した。

「生き残った人は、亡くなった人の分までしぶとく生きて、何か恩返しをしないとね」

千鳥屋の幸之助も半ば涙声で言った。

「そのためには、精をつけておかないと」

おみねが言う。

「はい」

小さな声で答えると、末松は思い出したようにまた箸を動かした。

おっきりこみもほかの具も、どれも心にしみた。幾重にもまとった深い悲しみの衣を一枚ずつはがしてくれるような味だった。

兄が左官を志したから、いずれは父の跡を継いで屋台を担ぐつもりでいた。蕎麦のだしの取り方などは、すでに父からひとわたり教わっている。

こんな味を出したい……。

末松は心の底からそう思った。

「もっと食べるかい？」

お助け椀が空になったところで、真造がたずねた。

「いや、もう、胸も胃の腑も一杯で……おいしかったです。ありがたく存じました」

末松は深々と一礼して椀を返した。

それでも、お助け三つくらべの場から立ち去ろうとはしなかった。

いくらか離れたところから、屋台の様子をじっと見守っていた。

やがて、どの屋台の鍋も空になった。

「上々ですな」

ときおり筆を走らせていた戯作者の蔵臼錦之助が笑みを浮かべた。

「刷り物を撒いた甲斐がありましたぜ」

千之助も白い歯を見せる。

「なら、あとは片づけだね。火の始末をちゃんとして」

肝煎りの七兵衛が言った。

「おーい、道案内はもういいぞ」

かしらの惣兵衛が大声を発した。

「へーい」

火消しが戻ってきた。

旗指物がしまわれ、帰り支度が始まった。

だが……。

その日はまだ最後の幕が残っていた。

末松はずっと思案していた。

生き残ったおのれができることは何か。おのれは何をなすべきなのか。

あらしで父と兄を亡くした若者は懸命に考えていた。

その答えが出た。

「お頼みいたします」

若者はわん屋の夫婦の前でやにわに土下座をした。

真造とおみねが驚いたように見る。

「おいらを弟子にしてくだせえ。いまのお助け椀の屋台を出したいんです」

末松は精一杯の声で告げた。

第十章　最後のお助け椀

一

その日から、わん屋に住み込みの弟子ができた。

父と兄を亡くし、御救い小屋からお助け三つくらべに足を運んできた末松だ。

土下座をして弟子入りを志願した若者を、真造とおみねは快く受け入れることにした。父から風鈴蕎麦の屋台の手ほどきを受けているから、きっと筋はいいだろう。

「お座敷に布団を敷いて寝てくださいな」

わん屋に戻ったおみねが言った。

「おいらは土間で莫蓙(ござ)にくるまって寝ますんで」

末松は遠慮して言った。

「いや、ずいぶんと疲れただろう。身を休めるのがいちばんだよ」

　真造は笑みを浮かべた。

「そうそう。湯屋の場所を教えるから、行っておいで」

　おみねが姉のようにやさしく言った。

　聞けば、末松はまだ十七らしい。その歳で天涯孤独になってしまうとは、何とも気の毒なことだった。

　その身の上を案じる者は、わん屋の夫婦ばかりではなかった。

「風鈴蕎麦をやるんなら、だしの取り方を教えるからよ。ただし、あきないはよその町でやってもらうがね」

　屋台をしまってから家主とともに顔を出した梅吉が、いくらか戯れ言もまじえて言った。

「ありがたく存じます。まずはわん屋さんでおっきりこみおでんを教わってから、お願いするかもしれません」

　末松はていねいに頭を下げた。

「長屋には空きがあるからね。いずれ独り立ちするのなら、初めは安い店賃で貸すよ」

人情家主の善之助が言った。

「まずは住み込みで気張ってみます。ありがたく存じます」

末松はまた深々と一礼した。

わん屋の跡取り息子の円造は、初めは見知らぬ若者に警戒していた。

「お料理の修業に来たのよ、末松さんは。あらしで住むところがなくなってしまって」

おみねがそう説明すると、わらべはまだ緊張気味にうなずいた。

「よろしくな」

末松は笑みを浮かべた。

「手が空いているときは一緒に遊んでもらえ」

真造が言った。

「うん」

跡取り息子の表情がやっと和らいだ。

二

「おはようございます」

末松はだれよりも早く起き、わん屋の前を竹箒で掃いていた。

「ああ、おはよう。眠れたか」

真造が問うた。

「はい」

本当は家族のことを思ってあまり眠れなかったのだが、末松はそう答えた。

「なら、今日から仕入れと仕込みを教えるから付き合ってくれ」

わん屋のあるじが言った。

「どうかよしなにお願いいたします」

末松は深々と頭を下げた。

魚河岸と乾物屋を廻り、いつも野菜を届けてくれる八百屋に紹介した。一つ一つの段取りが学びだ。

わん屋に戻ると、仕込みを教えた。

父が評判のいい風鈴蕎麦の屋台をやっていただけあって、だしの取り方の筋はきわめて良かった。これなら大丈夫だ。

「今日の中食は、お助け椀で出したおっきりこみおでんに飯と秋刀魚の刺身をつける。一日三十食だ」

真造が伝えた。

「承知しました」

末松はいい顔つきで答えた。

続いて、おっきりこみの打ち方と伸ばし方を教え、下ごしらえを手伝わせた。

「あっ、いけねえ」

若者が思わず声をあげた。

うっかり里芋を落としてしまったのだ。

「里芋は滑るからね」

一緒に手伝っていたおみねが笑みを浮かべた。

そういった細かいしくじりはあったが、人参や大根の皮むきは上手だった。真造が切り方を細かく教えると一度で覚えた。やはり筋はいい。

ただし、魚などはあまり経験がないようで、秋刀魚の刺身には悪戦苦闘していた。さすがにすぐは使えそうにないので、刺身は真造が一人で受け持った。

　そんな按配で段取りが進み、中食の幕が開いた。

　手伝いのおちさは歳が近いから、すぐ打ち解けた様子だった。三十食かぎりだから、客の止め方などに気を遣う。そのあたりの呼吸も学びながら、末松は厨で懸命に手を動かしていた。

「いらっしゃいまし。少々お待ちくださいまし」

　一枚板の席の客に声をかける。

「おっ、見慣れねえ顔だな」

「新入りかい？」

　常連客がたずねた。

「はい、弟子入りさせてもらいました」

　昨日より明るい顔で、末松は答えた。

「そうかい。気張ってやりな」

「ここの料理はどれもうめえからよ」

　客は口々に励ましてくれた。

「一つ一つ覚えていきます」

末松は言った。

「その意気だ」

「ここで修業したら、どこでも見世を出せるからな」

「はい。……お待たせいたしました」

末松は膳を出した。

「おお、こりゃ豪勢だ」

「腹いっぱいになるぞ」

客はさっそく箸を取った。

「あ、いらっしゃいまし」

新たに入ってきた客に、末松は声をかけた。

三十食にかぎったわん屋の中食は、今日もまたたくうちに売り切れた。

三

「気になってまた来てみたんだが、その調子なら大丈夫そうだね」

大黒屋の隠居が温顔をほころばせた。

短い中休みを経て、わん屋は二幕目に入った。七兵衛がその皮切りの客だ。

「はい、忙しいほうが張り合いもありますから」

末松は答えた。

「なかなか筋がいいので、おっきりこみおでんのお助け椀の屋台ならすぐ一人で出せそうですよ」

真造は頼もしそうに言った。

「刺身とかはまだちっともできませんが」

末松が軽く首を振った。

「はは、そりゃいっぺんにはできないよ」

隠居は笑みを浮かべた。

そこへ、人情家主の善之助と風鈴蕎麦の梅吉が連れ立って入ってきた。屋台が出るのは夕方からだからまだ早い。

「どうだい、修業は」

まず梅吉が問うた。

「はい、乾物屋や魚河岸へ案内していただいて、だしの取り方やおっきりこみの打ち方なども教わりました」

末松は答えた。

「いい顔をしてるじゃないか」

善之助が言う。

「手を動かしたり、お客さんに声をかけたりしているあいだは……忘れられますから」

あらしで父と兄を亡くした若者は、またあいまいな顔つきになった。

「時はいちばんの薬師だからね」

七兵衛が言った。

「いいことをおっしゃいますね、ご隠居」

人情家主がしみじみとした顔つきになった。

「時が経てば……」

そこまで言ったところで、末松はまた瞬きをした。

「悲しみは少しずつ薄れて、笑えることも増えてくるから、きっと」

おみねが笑みを浮かべた。

「はい」

末松はうなずいた。

そこへ、あわただしく人が入ってきた。

「おや、千鳥屋さん」

七兵衛が言った。

わん屋に入ってきたのは、千鳥屋の隠居の幸之助だった。

四

「どうしました、千鳥屋さん」

真っ先に七兵衛がたずねた。

「いやあ、困りました。お助け三つくらべは昨日の一日かぎりでしたが、今日もやってくれると思った人たちがうちの横手にかなり来てましてねえ」

幸之助は困り顔で答えた。

「刷り物には一日かぎりと書いてあったはずだよ」

隠居が言う。

「みなそういうところまで読まないらしくて」

幸之助は苦笑いを浮かべた。

「で、まだ金杉橋に?」

おみねが問う。

「せっかく来たんだから食べて帰りたいと」

幸之助は答えた。

今日はお付きの手代ではなく、力のありそうな男を従えている。どうやら初めから大鍋運びの手伝いをやらせる腹づもりのようだ。

「さようですか。では、もう一日だけ。ただ……」

真造はあごに手をやった。

「今日は的屋さんにお泊まりの方々の仕出しなどが入っているものですから。おちさちゃんも習いごとでいないし」

おみねが困り顔で伝えた。

「なら、おいらだけでやります」

末松がさっと右手を挙げた。

「やってくれるか。もちろん、鍋をつくるところまではうちの厨でやるけれど」

真造が言った。

「行きの運び手はこちらからも助っ人を出すので」

千鳥屋の隠居が、かたわらの男を手で示した。

「帰りは軽くなるから、鍋に椀と箸を入れて運べそうだね」

と、七兵衛。

「はい、売り切れたら一人で帰ります」

末松が引き締まった表情で言った。

こうして、話が決まった。

真造は末松とともに厨にこもり、大車輪でおっきりこみおでんの鍋をつくった。

それなりに時はかかったが、昨日よりは小ぶりな鍋ができあがった。

「では、戻りますかね。今度こそ今日かぎりだと貼り紙も出しておいたので」

近場で仕入れ先廻りを済ませてきた幸之助が言った。

「気張ってね。落ち着いてやれば大丈夫だから」

おみねが言った。

「最後のお助け椀だから、しっかり頼むぞ」

真造が言った。

「はい」

いい目の光で、末松は答えた。

五

「もっとたくさんいたんだがね」

千鳥屋の隠居が苦笑いを浮かべた。

おっきりこみおでんの大鍋を金杉橋まで運んでみたところ、待っていたのはほんの二、三人だった。

「待ちきれねえってしびれを切らして帰っちまいまして」

「すまねえこって」

残っていた男がわびた。

「なら、食べ放題でいいよ」

幸之助が笑みを浮かべた。

「いま火を熾しますので」

末松が言った。

「帰りは人を出せないから、余りそうならお店の者とご近所にも声をかけるから」

千鳥屋の隠居はそう言うと、見世に戻っていった。

「待った甲斐があったな」

「煮玉子を三つくらい食えるぞ」

待っていた男たちは恵比寿顔だ。

「たんと召し上がってくださいまし」

末松は笑みを浮かべた。

客は三人で、ふるまうのは末松だけだ。おのずとくわしい身の上話になった。

「そうかい。おとっつぁんと兄ちゃんが亡くなったのかい」

末松の話を聞いて、一人が気の毒そうな顔つきになった。

「へえ……つらいことで」

末松は唇をかんだ。

「なきがらは見つかったのかい？」

年かさの男が問うた。

「おかげさんで。浜で茶毘(だび)に付してもらいました」

末松は答えた。

骨壺(こつつぼ)は御救い小屋から風呂敷包みで運び、いまはわん屋に置かせてもらっている。

「そうかい。そりゃ不幸中の幸いだったな」

「幸いってことはねえや」

「いや、留(とめ)みてえにゆくえ知れずよりはよ」

一人がいまおっきりこみを胃の腑に落とした男を手で示した。

「どなたかがゆくえ知れずに？」

末松は問うた。

「おとっつぁんがゆくえ知れずでな。あのあらしだ。探したところでなきがらは見つかるめえ」

男は寂しげに言うと、残りのお助け椀に箸を伸ばした。

お代わりの椀を渡し、さらに話を聞いた。

男の名は留吉(とめきち)。高波にさらわれたものの、九死に一生を得て助かった。

だが……。

一緒に住んでいた同じ漁師の父は、いまだにゆくえ知れずのままだった。あらしからもう幾日も経った。生きているとはとても思えない。せめてなきがらが打ち上げられればと思うが、それも儚(はかな)い望みだった。

「気を変えなきゃな。明日からまた漁だから」

留吉が言った。

「船は大丈夫で？」

末松が気づかった。

「品川のほうから船大工の助っ人が来てくれてな。なんとか明日からまた漁に出られそうだよ」

留吉は答えた。

「怖くはないですか」

末松はさらに問うた。

「おれらは海で生きてるから」

年かさの男が代わりに答えた。

「あらしが収まったあとの海は、それはそれはきれいだったぜ」

留吉の声に力がこもった。

「ときには牙をむいて、人の命を奪うこともあるが、それでも海は宝だからな。いろんな恵みをおれらにくれる」

父をゆくえ知れずにされたというのに、留吉はそう言った。

「海は、宝だと」

末松はうなずいた。

「そうでえ。おれらは海で生きるしかねえしな」

留吉はそう言って笑った。

「留の言うとおりだ。……ああ、うまかったぜ。明日から漁を気張ろうっていう気になった」

「待った甲斐があった」

仲間の漁師が言った。

「ありがたく存じます」

末松は頭を下げた。

「明日はどうするんだい」

留吉がたずねた。

「お助け椀は今日で最後なんで。また修業をして、おとっつぁんの跡を継いで屋台を出せるように気張りまさ」

末松は答えた。

「そうかい。気張ってくんな」

お助け椀の屋台で知り合った男は、終いは白い歯を見せて励ました。

六

「ああ、おいしいです」

手代の善造が目をくりくりさせて言った。

「ほんとだ、善ちゃんはいいなあ、いつも旦那さまのお付きで」

仲間の手代がお助け椀を食しながら言った。

「へへ、役得で」

善造は笑みを浮かべると、里芋を胃の腑に落とした。

浜の三人組が帰ったあとは、待てど暮らせど客は来なかった。やむなく、千鳥屋のお店者と出入りの者にもふるまうことになった。大鍋とはいえ昨日よりは小ぶりだから、そのうちやっと底が見えてきた。

「これなら、なくなりそうだね。わたしもいただくよ」

隠居の幸之助も立ったまま箸を動かした。

そのうち、宇田川橋の出見世から幸吉とおまきが帰って来た。

「お助け椀がまだ残っているから、食べておくれ」

幸之助が出見世の若夫婦に言った。

「承知で。畳が入って、棚がそろって、あとは品を並べるばかり」

幸吉は弾んだ声で言った。

「二人ともよく気張ったね」

幸之助が労をねぎらった。

「どうなることかと思いましたが、おかげさまで」

おまきが笑みを浮かべる。

「では、お助け椀の終いものです」

末松が椀を渡した。

「うわさには聞いていたけれど、やっと食べられるよ」

幸吉が受け取った。

「わあ、煮玉子も入ってる」

おまきが瞳を輝かせた。

「おいしいね」

幸吉が食すなり言った。

「わん屋さんの味だよ」

幸之助が満足げに言う。

「ほんと、味がしみてておいしい」

煮玉子を半ば食すなり、おまきも感慨深げな面持ちになった。

ほどなく、最後のお助け椀の鍋は空になった。

「では、戻りますので」

鍋に空いた椀と箸を入れた末松は、棒を担いだ。

「足元に気をつけて。だんだん暗くなるから」

幸之助が気づかった。

「提灯を棒の先に提げて、休み休み戻りますから」

末松は答えた。

「なら、わん屋さんによしなに」

千鳥屋の隠居が言った。

「はい、ありがたく存じました」

末松は精一杯の声を発した。

七

はあっ、と一つ、末松は息をついた。

暗くなってきたから提灯に火を入れ、棒の先に提げる。

道はいくらか明るくなったが、難儀がなくなったわけではなかった。

空になった鍋に椀と箸を入れ、棒に通して運ぶ。これがなかなかに難しい。一人では重いし、椀などが落ちない程度に鍋を傾けて慎重に歩を進めていかなければならない。道の穴に足を取られて、思わず倒れそうになったこともあった。

通油町はまだまだ遠い。担ぎ棒が当たっている肩がしだいに痛んできた。左肩に棒を当てて運ぶことも試みたが、うまく歩けなかった。痛くても右肩で我慢するしかない。

提灯を提げると、歩き方がさらに難しくなった。棒を前へ傾けたら、提灯が落ちてしまいかねない。それが気になるから後ろへ傾ければ、今度は重くて歩きづらい。だんだん泣きたくなってきた。

と、そのとき……。

ふっと後ろから風が吹いた。
担いでいたものが、妙に軽くなった。
まるで見えない手がいくつも支えてくれているかのようだった。
末松は歩いた。
わん屋に向かって、残りの道を懸命に歩いた。
鍋が再び重くなることはなかった。
だれかが支えてくれている。
いや……。
それがだれであるか、末松にはもう分かっていた。
おとっつぁんがいる。
兄ちゃんがいる。
そればかりではない。
はやり風邪で死んだおっかさんがいる。姉ちゃんもいる。
みんな、いる。
末松が振り向くことはなかった。
後ろを見たら、消えてしまう。

支えてくれているいくつもの手が消えてしまう。

そんな気がしてならなかった。

提灯の灯りがにじんで見えた。

（そこに石があるぞ）

（気をつけろ、末松）

高波にさらわれて死んだ父と兄の声が、末松の心の芯に響いてきた。

風はなおも吹いた。

決して冷たくはない、どこかあたたかい風だった。

そのたしかな流れを感じながら、末松は歩いた。

そして、やっとの思いで通油町のわん屋に着いた。

第十一章　もう一つのわん屋

一

　しばらく経った風の冷たい日、わん屋の二幕目に一人の薬売りがのれんをくぐってきた。

　いや、正しく言えば薬売りのなりに身をやつしている男で、その正体は大河内同心だった。

「おや、精が出ますね」

　一枚板の席に陣取っていた隠居の七兵衛が笑みを浮かべた。

「なに、つとめてるふりだけだ」

　同心は苦笑いを浮かべて薬箱を座敷に下ろした。

「その後、どうですかい。もう悪さをする者はおりませんか」

隠居はそう問うと、味のしみた風呂吹き大根を箸で割って口中に投じた。

「お助けだましのたぐいはもういねえな。お上の御救い小屋もだんだん減ってきた。……おう、廻りの途中だから茶で」

大河内同心はおみねに言った。

「承知しました。ただいま」

わん屋のおかみが答えた。

「だんだん復興が進んできましたね。千鳥屋さんの出見世も、師走からまたのれんを出すそうですし」

七兵衛が言った。

「そこの善之助さんの長屋もきれいに建て替わりました」

おみねが身ぶりをまじえた。

「ただ、災いの傷跡ってのは目に見えるところだけじゃねえからな。人の心にも傷跡を残すからやっかいだ。……お、ありがとよ」

同心はおみねが運んできた湯呑みを手に取った。

その言葉を聞いて、厨で包丁を動かしていた末松が小さくうなずいた。

修業ぶりはいたってまじめで、大根の切れ端を使ったかつらむきなども上手になった。いまは刺身もつくれるし、穴子もまっすぐに揚げることができる。もっとも、わん屋で一本穴子は出せないから、いくつもに切り分けて円皿に盛り付けるのだが。

「師走といえば、末松さんの屋台もいまつくってもらってるので、その頃には出せそうです」

おみねが告げた。

「そうかい、そりゃ良かったな」

大河内同心が声をかけた。

「ありがたく存じます。長屋にも入れさせていただけるっていうことで」

末松が厨から答えた。

「売り物はお助け椀かい？」

茶を啜ってから、大河内同心はたずねた。

「そうします。梅吉さんの屋台から出す場所を離して風鈴蕎麦をという手もあったんですが、おっきりこみおでんの椀をみなさん喜んでくださるので」

末松は気の張った声で答えた。

「的屋さんの近くに出せば、お泊まりの方にも召し上がっていただけるんじゃないかと」

おみねが言う。

「そりゃ繁盛間違いなしだね」

隠居が太鼓判を捺した。

「気張ってやりな。おれも食いに行ってやるからよ」

大河内同心はそう言って茶を呑み干した。

「ありがたく存じます。気張ってやります」

末松の声が弾んだ。

二

屋台ができあがったのは、翌々日のことだった。

すでに二幕目に入っていた。人情家主の善之助が呼びに来たので、おみねが末松とともに見に行った。帰り支度を整えたおちさも同行することになった。

「うちの店子の大工が気を入れてつくってくれてね」

善之助がそう言って笑みを浮かべた。

「それは楽しみです」

歩きながらおみねが答えた。

余っている屋台をどうにか使うこともできたが、どうせなら使い勝手がいいように新たにつくることにした。運ぶ鍋の大きさを計り、真造も立ち会って細かいところまで決めた屋台だ。

「おう、これだよ」

つくり手の大工が木の香りがするものを手で示した。

「こりゃあ、うらやましいくらいだよ」

風鈴蕎麦の梅吉もいる。

「ありがたく存じます。ああ、これは立派な屋台ですね」

末松は瞬きをした。

「ほんと。市松模様の飾りまであって」

おちさが指さした。

「屋台の名も彫りこんであるんで」

大工が得意げに言った。

市松模様の飾り窓のような細工の横に、さりげなく縦に三文字、屋台の名が彫りこまれていた。

それは、こう読み取ることができた。

わ　ん　や

いっそのこと、わん屋の出見世ということにしてはどうかと隠居の七兵衛が案を出した。のれんのない屋台だが、べつに出見世の扱いでもおかしくはあるまい。

話はとんとんと進んだ。

「ちょっと担いでみたら？」

おみねが水を向けた。

「はい、ならさっそく」

末松はただちに動いた。

「なるたけ軽くて頑丈な木でつくってるから、難儀はしねえはずだぜ」

腕自慢の大工が言った。

「あ、ほんとだ」

屋台を担いだ末松が驚いたように言った。

「ここに鍋を載せるんですね」

おちさが手で示す。

「そうだね。鍋を載せたらそれなりに重くはなるけど、使い勝手がいいよ。……ありがたく存じます」

屋台を担いだまま、末松は大工に礼を述べた。

「気張ってやってくんな」

気のいい大工が言う。

「椀は四十くらい載せられそうだね」

家主が言った。

「四十人かぎりで夕方から出すようにすれば、中食だけわん屋の厨の手伝いもできそうです」

末松が言った。

「ああ、それは助かるかも。修業を兼ねて二幕目の仕込みまでやってもらえれば」

おみねが絵図面を描いた。

「そうですね。さらに修業もしたいですし」

末松は笑顔で言った。

修業に入った当座は、まだときどき沈んだ表情をしていたが、このところはやわらぐことが多い。

「長屋にはいつ移るかい？」

善之助が訊いた。

ちょうど部屋に空きがあるので、竈（かまど）などが使えるかどうか検分してもらった。屋台の仕込みをするにはいい按配の部屋だった。いつまでもわん屋に住みこんでいるわけにもいかないから、機を見て引っ越す手はずになっている。

「そのあたりは師匠と相談して、なるたけ早く移って屋台を出します」

末松は真新しい屋台をぽんと手でたたいた。

「おっきりこみおでんだったら、風鈴蕎麦の近くに出してもいいからよ。初めのうちは近くに出そうぜ」

梅吉がそう言ってくれた。

「ありがたく存じます。火の扱い方なども学ばせていただきます」

末松はていねいに答えた。

「屋台のわん屋が出たら、仲間と一緒に食いに行くからよ」

大工が白い歯を見せた。

「お待ちしております」

末松は笑顔で答えた。

三

翌(あく)る日――。

わん屋の二幕目の座敷には、柿崎隼人と門人たちが陣取っていた。

これまでは師範代だったが、あらしのあとに建て直されたのを機に、道場主としてすべてを任されることになったらしい。今日はその祝いだ。

「よし、打ってこい」

柿崎隼人が円造に向かって言った。

「気張って」

おみねが声をかけた。

わん屋の跡取り息子は、小さなわらべ用のひき肌竹刀を握っていた。柿崎隼人の道場は柳生新陰流(やぎゅうしんかげりゅう)だから、打ちこんでも怪我をしない牛の革をかぶせた竹刀を用いる。

「そうだ」

わらべの竹刀を易々と手で受け止めた武家が白い歯を見せた。

遊び道具にもなろうかと、柿崎隼人が贈ってくれた竹刀を手にして、円造もご満悦だ。

一方、厨では、揚げ物などの料理が一段落したところで末松が帰り支度を整えていた。

「中食の手伝いもあるから、包丁をもう一本置いておかないとな」

真造が言った。

「そうですね。いちいち持ってくるのも面倒なので」

大きな風呂敷包みを提げた末松が言った。

「これから家移りか？」

柿崎隼人がたずねた。

「はい。近くの長屋に越して、おっきりこみおでん鍋の屋台を出させていただきます」

末松は張りのある声で答えた。

「もう屋台はできているので、明日から出せるかと」

おみねが言葉を添えた。

「そうか。では、稽古帰りに寄らせてもらおう」

道場主になった男が言った。

「お待ちしております」

末松はていねいに一礼した。

「もう一回」

円造が焦れたようにそう言ったから、わん屋の座敷に笑いがわいた。

「おお、すまんな。よし、打ってこい」

柿崎隼人が立ち上がり、腰を落として手のひらを上に向けた。

「えいっ」

円造はわらべなりに力を入れて竹刀を振り下ろした。

「うわあ、やられた」

道場主が芝居をする。

「おお、凄いぞ」

「小さな道場破りだ」

門人たちがはやす。

跡取り息子は、にわかに花のような笑顔になった。

四

「お世話になります」

長屋に荷を下ろすなり、末松は家主の善之助のもとへあいさつに行った。

「ああ、こちらこそ。今日から屋台を出すのかい？」

人情家主がたずねた。

「今日は仕入れと仕込みができませんので。梅吉さんの風鈴蕎麦の手伝いをさせていただこうかと」

末松は答えた。

「それはいいね。あきないのやり方の学びにもなるから」

善之助は笑みを浮かべた。

「はい、学んできます」

末松はいい顔つきで答えた。

梅吉のもとへ行くと、屋台の助っ人になることを二つ返事で引き受けてくれた。

そればかりではない。ちょうど仕込んでいる蕎麦のだしの取り方や乾物屋からの仕入れまで、知るかぎりのことを順々にすべて教えてくれた。

「ちょいと鰹節を削ってみな」

梅吉が言った。

「はい、やらせてもらいます」

末松はすぐさま答えた。

父から教わったとおり、腰を入れて調子よく動かしていく。

「おお、堂に入ってるな」

梅吉は驚いたように言った。

「死んだおとっつぁんに教わったんで」

末松は答えた。

「そうかい……なら、お手の物だな」

梅吉は渋く笑った。

ややあって、支度が整った。

末松は梅吉の屋台の手伝いで町に出た。

火の扱い方、丼を軽くあたためてから蕎麦をつくる気づかい、銭の受け取り方や客への声のかけ方、さすがは評判の屋台でどれも隙がなかった。

「どうだい。一人でできそうかい」

客がとぎれたところで、梅吉が問うた。

「はい。みんな……」

そこまで答えたところで、言葉が出てこなくなった。

あのときの風を思い出したのだ。

重い鍋を担いで、やっとの思いでわん屋へ戻った日に感じた風だ。

みんな、守ってくれる。

おいらのことを、きっと見守っていてくれる。

そう思うと、胸が詰まって言葉にならなくなってしまったのだ。

「みんな、来てくれるさ」

梅吉はそう受け取った。

「はい。毎日気張ってやります」

末松はそう答えると、夜空の星を見上げた。

いくつかの星がうるんで見えた。

五

翌日――。

末松は長屋からわん屋へ赴き、まず中食を手伝った。

「仕入れは大丈夫か？」

真造がまず気づかった。

「はい。野菜はもうあらかた仕入れてありますし、蒟蒻と豆腐も入ってます」

末松は答えた。

「なら、玉子をやるから持っていけ。数にかぎりはあるけれど」

真造が言った。

「いいんですか？」

末松は驚いたように問うた。

「出見世の見世びらきの祝いだからな」

真造は白い歯を見せた。

「ありがたく存じます。次からはおのれのふところから出しますので」

末松はそう言って頭を下げた。

その日の中食は、牡蠣飯に寒鰤の照り焼きに根深汁をつけた。

寒鰤の照り焼きは大きめの円皿に盛り付ける。余りが目立たないように、蕪の甘酢漬けをあしらった。

牡蠣は長く火を通すと身が硬くなってしまう。そこで、だしで煮て半ば火が通ったところで取り出しておく。残った味のしみただしで飯を炊くのが初めの勘どころだ。

牡蠣は初めからすべて炊きこまず、釜が沸いたところで半量を加え、蒸らすときに残りの半量をまぜて酒を振る。ほかの具は油揚げと椎茸。盛り付けるときにもみ海苔を加えれば、風味豊かな江戸前の牡蠣飯の出来上がりだ。

「お待たせいたしました」

末松はおちさとともに膳運びも手伝った。

「おお、うまそうだな」

客が受け取る。

「今日から屋台も出ますのでよしなに」

おちさが如才なく言った。

「何の屋台だい？」

中食の膳にさっそく箸を伸ばしながら、客がたずねた。

「おっきりこみおでんの屋台です。お助け椀で出して評判が良かったもので」

末松は答えた。

「そうかい。なら、見かけたら食ってやろう」

客は気安く言った。

「どうかよしなに。的屋さんの手前あたりに出しますので」

末松は伝えた。

「なら、ここから近(ちけ)えな」

客が指を下に向けた。

「屋台ですけど、うちの出見世ですから」

おみねが笑みを浮かべた。

その日の中食も好評のうちに売り切れた。

次はいよいよ初屋台だ。

「気張ってね、末松さん」

おちさが言った。

「ああ、気張ってやるよ」

末松は笑顔で答えた。

六

いよいよ船出の時が来た。

おっきりこみおでん鍋の屋台を担いで、末松は長屋を出た。

「落ち着いてやんな」

風鈴蕎麦の梅吉の屋台も続く。

今日はいくらか離れたところに出して、何かあったら助っ人に来るという手はずになっていた。

「はい」

引き締まった面持ちで末松は答えた。

あらかじめ検分してあったところに、末松は屋台を下ろした。

半町（約五十メートル）ほどのところに梅吉の屋台がある。風鈴の音がかすかに耳に届いた。

まずは鍋の具合をたしかめる。

おっきりこみは煮込みに強い。里芋や蒟蒻や大根や焼き豆腐も同じだ。

値の張る煮玉子だけは、上乗せで銭をもらうことにした。そのあたりは客が来るたびに伝えなければならない。

屋台を出してしばらくは暇だったが、そのうち的屋の客が連れ立ってやってきた。あるじの大造もいる。どうやらわん屋から知らせが入っているらしい。

「おお、いい香りだね」

的屋のあるじが手であおいだ。

「うまそうだ。いくらだい」

泊まり客がたずねた。

「おっきりこみおでん鍋はひと椀十八文いただきます。煮玉子は一つ十八文で」

末松はよどみなく答えた。

「椀と玉子が同じ値かい」

もう一人の客が苦笑いを浮かべた。

「玉子ってのは、一つ二十文することもあるからね」

大造が言った。

「はい。値の張る品なので」

末松は申し訳なさそうに言った。

今日はわん屋からもらったから、売り上げがすべてふところに入る。屋台びらきのご祝儀のようなものだ。

「なら、とりあえず玉子なしで」

「玉子だけでひと椀分だからな」

的屋の泊まり客は言った。

「承知しました」

末松は笑顔で答えて、具だくさんのおっきりこみおでん鍋を深めの椀にたっぷり取り分けた。厚手でしっかりした塗り椀だ。

「ずっしりと重いな」

「おっきりこみってのはこの平べったいやつかい」

客が問う。

「さようです。煮込みには向きますので」

末松は答えた。

「なんだかわたしも食べたくなってきたよ。煮玉子入りでもらえるかな」

的屋のあるじがそう言ってくれた。

「はい、ありがたく存じます」

末松の声が弾んだ。

その後も客は来てくれた。末松が長屋で仕込みをしているあいだ、わん屋では来た客にもれなく屋台のことを伝えていた。

ただし、煮玉子はだいぶ余っていた。同じ十八文で秤（はかり）にかければ、やはり持ち重りのする具だくさんの椀のほうがいい。

そのうち、は組の火消し衆が来てくれた。わいわい言いながら、おっきりこみおでん鍋を食す。たちまち具の残りが少なくなった。

「煮玉子だけ余るんじゃねえか？」

かしらの惣兵衛が問うた。

「はい、そうなりそうです」

末松は答えた。

「ほどほどに仕入れたほうがいいぜ。今日はまあご祝儀だから食ってやろう」

「おいらにもくんな」

纏持ちの辰平も手を挙げた。

「ありがたく存じます。仕入れも学びながらやりますんで」

屋台のわん屋のあるじは答えた。

火消し衆のあとは、長屋の大工衆も来てくれた。新たな普請場の実入りがいいらしく、残っていた煮玉子が次々に出た。末松はほっと胸をなでおろした。

「酒は出さねえのかい」

大工の一人がたずねた。

「梅吉さんの風鈴蕎麦で出ていますので、こちらは鍋だけで」

末松は答えた。

酒まで出そうとするとさらに屋台が重くなる。近場に梅吉の屋台があるのだから、そちらで呑んでもらうことにした。

それやこれやで、鍋の残りはだんだんに少なくなってきた。

そろそろしまって、余り物はおのれで食べようかと思っていたころ、向こうから提灯が近づいてきた。

「どうだい、調子は」

真造の声が響いてきた。

「あっ、師匠。あと二人分くらいで」

末松は答えた。

「なら、わたしの分と、残りはこれに。お代は出すから」

真造は大きな蓋付きの丼をかざした。

「承知しました」

末松は笑みを浮かべて手を動かした。

最後に汁だけが残った。

「さすがに煮過ぎになるが、これはこれでうまい」

箸を動かしながら、真造は言った。

「煮汁は長屋でおじやにしようかと」

末松が言った。

「それはいいな」

すぐさま真造が言う。

「きっと忘れられない味になると思います」

末松は感慨深げに言った。

「忘れるなよ、その味を」

真造はそう言うと、少し迷ってから煮玉子を口に運んだ。

「忘れません、この先も」

気の入った声で答えると、末松は夜空を見上げた。

いい月が出ていた。

しみじみと見つめ、瞬きをする。

この月も、ずっと忘れるまい。

若き屋台のあるじは、心にそう誓った。

終章　師走のわん講

一

早いもので、師走も半ばになった。
わん屋の前にこんな貼り紙が出た。

けふの中食
　釜あげうどん膳（茶めし、けんちん汁つき）
　三十食かぎり　三十文
なほ、本日わん講のため、二幕目のおざしきは貸し切りです

一平から仕入れた小ぶりの盥に釜揚げうどんをたっぷり入れる。つゆの椀に、

薬味の皿。茶飯の茶碗に、けんちん汁の椀。これらがすべて円い盆に載っている。

「おっ、また目が回りそうなのが来たな」

「見ただけで腹いっぱいになりそうだ」

「さっそく食おうぜ」

そろいの半纏の左官衆が言った。

厨では末松が小気味いい手つきでけんちん汁を盛り付けていた。中食まではわん屋で働き、ときには二幕目の仕込みを手伝ってから屋台の支度にかかる。朝から晩まで忙しいが、そうしているほうが悲しみがまぎらわされるようだ。

「ああ、食った食った」

「胃の腑も心も喜ぶ膳だな」

「うまかったぜ」

左官衆はみな笑顔で去って行った。

その後も客足が鈍ることはなかった。座敷でも一枚板の席でも、土間の茣蓙の上でも箸が動く。

「ありがたく存じました」

「またどうぞ」

おみねとおちさの声が、いくたびも明るく響いた。

盥の数にかぎりがあるから少なめにしたこともあり、わん屋の中食はまたたくうちに売り切れた。

二

「一回飛んでしまったから、次はどうあってもわん市だね」

大黒屋の隠居が言った。

二幕目に入り、わん屋の座敷ではわん講が始まっていた。いくたびもやっているから、構えた集まりではない。必ず出ねばならないというわけでもない。あきないが忙しければ休んでもいい。大事なつなぎがあれば、手代のだれかがつなぎ役で廻る。

「文祥和尚もそうおっしゃっていました」

美濃屋の正作が言った。

器道楽の光輪寺の住職は瀬戸物問屋に顔を見せたらしい。

「なら、千鳥屋さんの出見世もまた始まったことだし、来年のわん市は初午からやろうかね」

七兵衛が乗り気で言った。

「さようですね。幸吉とおまきも気張ってやっていますので」

千鳥屋の隠居が笑みを浮かべた。

ここで、おみねが囲炉裏に鍋を運んできた。

「おっ、今日はほうとうだな」

椀づくりの太平が覗きこむ。

「お助け椀は醬油味のおっきりこみおでんだったので、久々に味噌仕立てで」

おみねが言った。

「それはいいね」

真次が笑みを浮かべる。

「ただの煮奴(にゃっこ)も捨てがたいけどな」

富松が言った。

「うちでしょっちゅう食べてるんですよ」

妹のおちさがそう伝えたから、わん講の座敷に和気が漂った。

ほうとう鍋が煮えるあいだに、わん市の段取りがさらに進んだ。

「来年こそ、めでたい年にしたいものだね」

七兵衛が言った。

「では、わん市では縁起物を前に出しましょうか」

美濃屋の正作が言った。

「ああ、それはいいね」

隠居がすぐさま乗る。

「手前どもの出見世では、あらしで助かった品が縁起物としてよく出ております」

千鳥屋の幸之助が言う。

「なら、それを前に出しましょう」

美濃屋のあるじが言った。

「いや、わん市までにはすべて売り切れてしまいそうなので」

幸之助は髷に手をやった。

「それは致し方ないね」

と、隠居。

「でも、出見世そのものが立て直せたんですから、そこの品がすべて縁起物でいいんじゃないでしょうか」

酒を運んできたおみねが言った。

「ああ、いいことを言うな」

竹細工づくりの丑之助が笑みを浮かべた。

「よし、それでいこう。うちは『寿』と書かれた塗り椀を多めに出すよ」

大黒屋の隠居が乗り気で言った。

「手前どもも『寿』入りの碗を増やしましょう」

美濃屋のあるじが続く。

「うちは底に焼き印でも入れますか、親方」

真次が太平に水を向けた。

「そうだな。ちいと地味だが」

椀づくりの親方が言った。

「盥なら、焼き印が引き立つんで」

一平がうなずく。

「盆は彫りを入れるかな」

松蔵が両手の指を組み合わせた。

「なら、寿づくしということで」

七兵衛がそう言って、猪口の酒を呑み干した。

「それなら、新たな引札の刷り物があったほうがいいかもしれません」

幸之助が言う。

「そうだね。では、そのうち蔵臼先生に頼むことにしよう。段取りが次々に進むね」

隠居が笑みを浮かべた。

そのうち、ほうとう鍋がいい塩梅に煮えてきた。

取り分けて食しながら、さらに話を進める。

鍋はお付き衆にも取り分けられた。

「おいしゅうございます」

「南瓜が甘くてほっぺたが落ちそうで」

「ほうとうも味噌がしみてておいしいです」

手代たちはみな笑顔だ。

「冬場はこれにかぎりますな」

松蔵が言った。

「ほうとうだけに、ほおっとするよ」

隠居が地口を飛ばしたから、わん屋に笑いがわいた。

三

それからほどなくして、御用組の三人が入ってきた。

海津与力と大河内同心と千之助だ。

「今日はわん講と聞いてな」

海津与力がそう言って、一枚板の席に腰を下ろした。

大河内同心と千之助も続く。

「お役目、ご苦労さまでございます」

座敷から七兵衛が言った。

「今年はご隠居の働きで悪党の一味をお縄にできたし、終い良ければすべて良しだな」

海津与力が笑みを浮かべた。

「来年こそいい年にすべく、初午の日にわん市を開くことにしたんです。縁起物ばかりをそろえて」

大黒屋の隠居が告げた。

「おお、そりゃいいな」

と、与力。

「開運わん市か。飛ぶように品が出るぞ」

大河内同心も言う。

「その言葉の響きはいいですね」

美濃屋のあるじが言った。

「か・い・う・ん・わ・ん・い・ち……ああ、たしかにいいかも」

一つずつ切って発音してみたおみねが言った。

「運がつきそうです」

おちさも笑顔で言う。

「なら、引札の刷り物は『開運わん市』で」

七兵衛が言った。

「また蔵臼先生ですかい?」

千之助が問うた。

「ほかに気安く頼める人はいないからね」

隠居が答えた。

「だったら、おいらがそのうちつないできますよ」

韋駄天自慢の男が言った。

「ああ、頼みます。……ほんとにどんどん段取りが進むね」

七兵衛は恵比須顔で言った。

「えいっ、えいっ」

座敷の隅では、円造がわらべ用の小さなひき肌竹刀を振って遊んでいた。

「おお、将来は剣豪か」

海津与力が笑う。

「えいっ」

円造はまた竹刀を振った。

「横に振っちゃ駄目だぞ」

大河内同心が言う。

「……つかれた」

円造が早々にあごを出したので、わん屋にまた和気が漂った。

四

一枚板の席には煮奴が出た。

大鍋は出せないため、一人ずつ小ぶりの土鍋で供した。

「お豆腐がお熱いので気をつけてくださいまし」

おみねが言った。

「ふうふう息を吹きかけながら食うやつだな」

海津与力が渋く笑った。

「いきなり食ったら胃の腑がでんぐり返るんで」

千之助が妙な手つきをまじえる。

「ゆうべお弟子さんの屋台に寄ったぜ」

大河内同心が伝えた。

「さようですか。気張ってやっておりましたか」

真造が問う。

「いい顔つきで、客あしらいもちゃんとしていた。あれなら大丈夫だ」

大河内同心は太鼓判を捺した。

「あらしでおとっつぁんと兄弟を亡くしたんだったな」

海津与力が問う。

「ええ、兄さんも亡くして。前にはやり病でおっかさんと姉さんを亡くしているので、末松は天涯孤独の身で」

真造は気の毒そうに言った。

「江戸に住んでりゃ、さまざまな災いに遭うからな。地震、火事、このたびのあらしと高波、それに、はやり病」

海津与力は一つずつ数えていった。

「はやり病だけでもいろいろありますからね。はやり風邪に疱瘡にコロリ……」

今度は大河内同心が指を折る。

「風邪を引かねえように、こういうあったかいものを食っとかないと」

千之助がそう言って、匙ですくった煮奴を口に運んだ。

豆腐と葱をだしで煮ただけだが、五臓六腑にしみわたる。

「まあそれでも、災いに遭うたびに江戸の衆は歯を食いしばって耐えて、また立て直してきたわけだ。そのおかげで、いまの江戸がある」

海津与力が言った。

「ちょうどあれみたいですな」

大河内同心が指さした。

座敷では、竹刀振りに飽きた円造が起き上がり小法師で遊びはじめていた。

「ほら、また起き上がった」

「凄いね」

お付き衆も一緒に遊んでくれるから、わらべは上機嫌だ。

「そうだな」

海津与力は猪口を置いて続けた。

「転んでも転んでも、そのたびに起き上がってきた。偉えじゃねえか」

「逆に、捕まえても捕まえても悪いやつらはわいてきますが」

大河内同心は苦笑いを浮かべた。

「そりゃ根競べだな」

隠密与力はそう言うと、残りの煮奴を胃の腑に落とした。

五

囲炉裏のほうとう鍋があらかたなくなった。

そのほかに、海老（えび）や鱚や甘藷などの天麩羅の盛り合わせも出したのだが、これもあっという間になくなった。

「締めにけんちん汁はいかがでしょう」

おみねが水を向けた。

「いいね」

「具だくさんのやつだね」

「胡麻油の香りがぷうんと漂うやつ」

「なら、開運けんちん汁で」

「こうなったら、どの料理にも『開運』をつけちまえ」

だいぶ酒が回ってきたわん講の面々が口々に言った。

「承知しました。少々お待ちください」

おみねは笑顔で下がっていった。

「こっちもくんな、けんちん汁」

「頭数分だけ」

一枚板の席からも手が挙がる。

「はい、ただいま」

真造が小気味よく手を動かした。

大根、人参、葱、蒟蒻、里芋、豆腐、今日は大豆も入った具だくさんのけんちん汁だ。

「とにかく、来年は御救いだましのたぐいが出ないといいですな」

大河内同心がそう言って、海津与力に酒をついだ。

「その前に、御救い小屋のたぐいが建たねえのがいちばんだ」

海津与力はそう答えて、つがれた酒を呑み干した。

「ああ、たしかに」

同心がうなずく。

「神官の兄からこのあいだ文が来て、来年の神事はことに入念に執り行うつもりだと」

真造が伝えた。

「そりゃあ、ぜひそう願いたいところだ」

海津与力が両手を合わせた。

ほどなく、けんちん汁ができあがった。

「お待たせいたしました」

おみねとおちさが手分けして盆を運んでいく。

「おお、来た来た。世を円くおさめる椀がきれいに並んでるよ」

大黒屋の隠居が目を細くした。

「胃の腑に収めて、また気張りましょう」

千鳥屋の幸之助が言う。

「そうですね。わん屋さんの料理を食せば、身の内側から力が出ますから」

美濃屋のあるじも和した。

「では、こちらにも」

真造が一枚板の席に椀を出した。

「ありがとよ。せっかくだから、円いものから食うか」

海津与力が大根に箸を伸ばした。

「おいらはまず啜ってから。……ああ、うめえ」

千之助が笑みを浮かべる。

「なら、おれは人参にするか」

大河内同心が紅くて円いものをつまんで口中に投じた。

「……やっぱり、わしっと食ったほうがいいか」

同心は軽く首をかしげた。

「いろんな人が助け合って暮らしている江戸の町みたいな椀ですから」

真造が笑みを浮かべた。

「なら、長屋ごと食っちまえ」

大河内同心は口を大きく開いてけんちん汁の具をまとめて食した。

「いかがです？」

座敷から戻ってきたおみねが問うた。

「やっぱり、このほうがいいや」

大河内同心は白い歯を見せた。

「これから先も、ひと品ひと品、世が円くおさまるようにという願いをこめてつくらせていただきます」

真造が引き締まった顔つきで言った。

おみねがうなずく。

「その意気だ。これで江戸もしばらくは安泰だな」

海津与力が笑顔で言った。

［参考文献一覧］

田中博敏『お通し前菜便利集』（柴田書店）
田中博敏『旬ごはんとごはんがわり』（柴田書店）
『人気の日本料理2　一流板前が手ほどきする春夏秋冬の日本料理』（世界文化社）
土井勝『日本のおかず五〇〇選』（テレビ朝日事業局出版部）
畑耕一郎『プロのためのわかりやすい日本料理』（柴田書店）
『一流料理長の和食宝典』（世界文化社）
野﨑洋光『和のおかず決定版』（世界文化社）
料理・志の島忠、撮影・佐伯義勝『野菜の料理』（小学館）
鈴木登紀子『手作り和食工房』（グラフ社）
『復元・江戸情報地図』（朝日新聞社）
菊地ひと美『江戸衣装図鑑』（東京堂出版）

本書は書き下ろしです。

実業之日本社文庫　最新刊

相場英雄
ファンクション7
新宿の雑踏で無差別テロ勃発。その裏には北朝鮮のテロリストの影が……。北朝鮮、韓国、日本を舞台に、人々の生きざまが錯綜する、社会派サスペンス！
あ93

梓林太郎
天城越え殺人事件　私立探偵・小仏太郎
伊豆・修善寺にある旅館で働く謎の美女は何者？　身元調べを依頼された小仏だが、女の祖父が五年前に殺されていたことを知り──傑作トラベルミステリー。
あ315

いぬじゅん
今、きみの瞳に映るのは。
奈良ケーブルテレビの新入社員・樋口壱羽は、社運を賭けたある番組のADに抜擢されるが……!?　世界を震撼させるラスト、超どんでん返しに、乞うご期待！
い181

沖田円
雲雀坂の魔法使い
ある町の片隅、少女のような魔法使いが営む『雲雀坂魔法店』。切実な苦悩や過去を抱えながらそこを訪れる人々との、切なくも心温まる物語は感涙必至!!
お111

倉阪鬼一郎
お助け椀　人情料理わん屋
江戸を嵐が襲う。そこへ御救い組を名乗り、義援金を募る僧達が現れる。その言動に妙なものを感じ、正体を探ってみると──。お助け料理が繋ぐ、人情物語。
く49

今野敏
排除　潜入捜査〈新装版〉
日本の商社が出資した、マレーシアの採掘所の周辺住民が白血病に倒れた。元刑事が拳ひとつで環境犯罪に立ち向かう、熱きシリーズ第2弾！（解説・関口苑生）
こ215

実業之日本社文庫　最新刊

佐藤青南
白バイガール　フルスロットル
女性白バイ隊員の精鋭が、連続して謎の単独事故を起こした。一方、横浜市内でも銃撃事件が――疾走感満点の人気青春ミステリーシリーズ、涙の完結編！
さ46

沢里裕二
アケマン　警視庁LSP　明田真子
東京・晴海のマンション群で、演説中の女性都知事・桜川響子が襲撃された。LSP明田真子は身体を張って知事を護るが……。新時代セクシー＆アクション！
さ313

谷山走太
負けるための甲子園
甲子園の決勝戦。ピッチャーの筧啓人は失投からホームランを打たれ負ける。だが、そうすることで彼は一千万円を手にしていた！　その裏には驚愕の事実が⁉
た111

西村京太郎
十津川警部捜査行　愛と幻影の谷川特急
編集部に人気作家から新作の原稿が届いたが、作家はその小説は書いていないという。数日後、彼は死体で発見され…関東地方を舞台にした傑作ミステリー集！
に124

吉田雄亮
北町奉行所前腰掛け茶屋
北町奉行所の前で腰掛茶屋を開く老主人・弥兵衛は元与力。不埒な悪事を一件落着するため今日も探索へ繰り出し…名物料理と人情裁きが心に沁みる新捕物帳。
よ57

実業之日本社文庫　好評既刊

井川香四郎
桃太郎姫　望郷はるか
偽金騒動を通じて出会った町娘・桃香に、商家の若旦那がひと目惚れ。その正体が綾歌藩の若君（!?）と知らない彼は……人気シリーズ、待望の最新作！
い10 7

泉ゆたか
猫まくら　眠り医者ぐっすり庵
江戸のはずれにある長崎帰りの風変わりな医者と一匹の猫がいる養生所には、眠れない悩みを抱える人々が――心ほっこりの人情時代小説。（解説・細谷正充）
い17 1

近衛龍春
奥州戦国に相馬奔る
政宗にも、家康にも、大津波にも負けない！　戦国時代を駆け抜け、故郷を再び立ち直らせた、みちのくの名門・相馬家の不屈の戦いを描く歴史巨編！
こ6 1

田牧大和
かっぱ先生ないしょ話　お江戸手習塾控帳
河童に関する逸話を持つ浅草・曹源寺。江戸文政期、寺に隣接した診療所兼手習塾「かっぱ塾」をめぐるちょっと訳ありな出来事を描いた名手の書下ろし長編！
た9 2

津本 陽
戦国業師列伝
前田慶次、千利休、上泉信綱……混乱の時代に、特異な才能で日本を変えた「業師」たちがいた！　その道を究めた偉人の生きざまに迫る短編集。（解説・末國善己）
つ2 4

実業之日本社文庫　好評既刊

津本 陽・二木謙一
信長・秀吉・家康　天下人の夢

戦国時代を終わらせた三人の英雄の戦いや政策、人間像を、第一人者の対談で解き明かす。津本作品の名場面再録、歴史的事件の詳細解説、図版も多数収録。

つ2 5

鳥羽 亮
剣客旗本春秋譚　虎狼斬り

北町奉行所の定廻り同心と岡っ引きが、大川端で斬殺された。その後も、殺しが続く。辻斬り一味の目的とは。市之介らは事件を追う。奴らの正体を暴き出せ！

と2 16

中得一美
嫁の家出

与力の妻・品の願いは夫婦水入らずの旅。けれど夫は……人生の思秋期を迎えた夫婦の「心と体のすれ違い」と妻の大胆な決断を描く。注目新人の人情時代小説。

な7 1

中島 要
御徒の女

大地震、疫病、維新……苦労続きの人生だけどたくましく生きる、下級武士の〝おたふく娘〟の痛快な一代記。今こそ読みたい傑作人情小説。（解説・青木千恵）

な8 1

吉田雄亮
騙し花　草同心江戸鏡

旗本屋敷に奉公に出て行方がわからなくなった娘たちはどこに消えたのか？　草同心の秋月半九郎が江戸下町の闇に戦いを挑むが……痛快時代人情サスペンス。

よ5 5

実業之日本社文庫 く49

お助け椀 人情料理わん屋

2021年4月15日 初版第1刷発行

著 者 倉阪鬼一郎

発行者 岩野裕一
発行所 株式会社実業之日本社
〒107-0062 東京都港区南青山5-4-30
CoSTUME NATIONAL Aoyama Complex 2F
電話 [編集]03(6809)0473 [販売]03(6809)0495
ホームページ https://www.j-n.co.jp/
DTP ラッシュ
印刷所 大日本印刷株式会社
製本所 大日本印刷株式会社

フォーマットデザイン 鈴木正道(Suzuki Design)

ISBN978-4-408-55655-0(第二文芸)